D1725661

BİLGİ YAYINLARI / BİLGİ DİZİSİ : 89

ISBN 975 - 494 - 370 - 2 (Tk. No.)
ISBN 975 - 494 - 378 - 8 (1. Kitap)
93 . 06 . Y. 0105 . 0521

Birinci Basım
Nisan 1993

BİLGİ YAYINEVİ
Meşrutiyet Cad. 46 / A
Telf   :   431 81 22 - 434 12 71
          434 49 98 - 434 49 99
Faks : 431 77 58
Yenişehir - Ankara

BİLGİ DAĞITIM
Babıâli Cad. 19 / 2
Telf   :   522 52 01 - 526 70 97
Faks : 527 41 19
Cağaloğlu - İstanbul

MELİH ESENBEL

KIBRIS (1)
AYAĞA KALKAN ADAM

1954 – 1959

BİLGİ YAYINEVİ

apak düzeni : fahri karagözoğlu

dizgi : faruk kaya
tel : 230 85 76
baskı: cantekin matbaacılık yayıncılık
ticaret ltd. şti.
tel : 433 30 84 – 435 83 56

Eşim Emine Esenbel'e

İÇİNDEKİLER

ÖNSÖZ

Dışişleri Genel Sekreter Yardımcısı, Dışişleri Genel Sekreteri, Türkiye'nin Washington Büyükelçisi ve Sadi Irmak Hükümetinin Dışişleri Bakanı sıfatıyla 1954-1978 yılları arasında Kıbrıs sorununun içinde bulundum. Bu uzun süre zarfında, bizzat sorumluluk aldığım safhaları da kapsayan uğraşların tarihçesini, şahsi yorumlarımla birlikte, kamuoyumuzun bilgisine sunmayı kırk üç küsur yıllık Dışişleri yıllarımın bana yüklediği bir görev sayıyorum.

Uzun vadeli görüşler geliştirebilmek için behemehal tarihi iyi bilmek lazımdır. Geçmişi iyi bilirseniz, ileriye ait düşünceleriniz, planlarınız, sağlıklı bir zemine dayanır. Tarihi bilmeden büyük işler, büyük işlerden vazgeçelim, en basit ciddi çalışmalar yapılabileceğine inanamam. Türkiye'nin Kıbrıs sorunundaki davranışını iyi anlayabilmek için, üç önemli temel taşını daima hatırda tutmak gereklidir.

KIBRISLI TÜRKLERİN TÜRKİYE AÇISINDAN ÖNEMİ

Kıbrıs, 1571 yılında Venedik hâkimiyetinden Osmanlı hâkimiyetine geçti. Ecdatlarımız üç asır boyunca, Kıbrıs'ı ellerinde bulundurdular. 1878 yılında, Osmanlılar, ülkelerinin Rus saldırılarından korunması için İngiltere ile bir ittifak yaptılar. Bu ittifak, Kıbrıs Konvansiyonu adı verilen antlaşmanın içinde yer almıştır. Antlaşmanın esas maddesi şöyle der: "Batum, Ardahan, Kars ya da bunlardan biri Rusya tarafından işgal edilecek olursa, veya, Barış Antlaşmasında adı geçen Asya kıtasındaki Osmanlı topraklarını Rusya, ele geçirmeye teşebbüs ederse, İngiliz İmparatorluğu, Osmanlı Devleti ile birlikte, bu yerleri; silahlı savunmayı yüklenir. İngiltere'nin bu yükümlülüklerine olanak sağlamak üzere Osmanlı Devleti, Kıbrıs Adasını İngiltere'nin idare etmesini kabul eder."

İngiltere'nin bu suretle Kıbrıs'ı 1878 yılında "emaneten" kabul ettiği açıktır. Bu hususu, 1955 yılı Londra Üçlü Konferansında, Türk Dışişleri Bakanı Fatin Rüştü Zorlu'nun sorusuna cevaben, o tarihteki İngiltere Dışişleri Bakanı MacMillan, açıkça belirtmiştir. Başka bir deyişle, İngiltere, 1955 yılı Ağustos ayı sonunda İngiltere, Türkiye ve Yunanistan arasındaki Üçlü Konferansı toplarken, öncelikle bu daveti yapmakla Türkiye'nin Kıbrıs konusunda söz sahibi olduğunu kabul etmiştir. Konferansta, Lozan Konferansı sonucu Kıbrıs'ın hâkimiyetinin İngiltere'ye geçtiğini kaydetmekle birlikte, daha gerilere gitmiş ve 1878 yılında Kıbrıs Adasının idaresini Osmanlı Devletinden "emaneten" aldığını hatırlatmıştır.

Yunanistan'a gelince, o hiçbir zaman Kıbrıs'ta söz sahibi olmamıştır. Rum Ortodoksların, göç yoluyla, uzun bir zaman dilimi içinde, Kıbrıs'ta nüfus çoğunluğu sağlamaları, Adadaki hükümranlık konusuna ait gerçekleri değiştirmez. 1950'lerde Kıbrıs'ta yaşayan Türkleri, İngiltere'nin Afrika sömürgelerindeki halklarla eşit muameleye tutmak olanaksızdı. Kıbrıs'lı Türkler, asırlar boyunca kendi devletlerine ait bir toprakta, kendi evlerinde yaşamlarını sürdürmüş insanlardı. Bu gerçekler gözönünde bulundurulunca, Türkiye'nin, Kıbrıslı Türkleri kendi milletinin bir parçası olarak sayması ve onların geleceklerini güvence altına almayı istemesini tabii görmek gerekir.

KIBRIS'IN TÜRKİYE'NİN GÜVENLİĞİ AÇISINDAN ÖNEMİ

Kıbrıs Adası, Türkiye'nin güney sahillerinden 80 kilometre ötededir. Yunanistan'ın anavatan topraklarına ise bin kilometre uzaklıkta bulunur. Bu basit karşılaştırma bile Kıbrıs'ın Türkiye'nin güney sahillerinin güvenliği için önemini ortaya koyduğu gibi, Yunanistan açısından, sadece Adalar üzerinden sıçrama suretiyle büyüme politikasının Akdeniz'in güney sahillerine ulaşan bir uzantısını teşkil eder. Kıbrıs Adasının Türkiye'ye dost olmayan ellere geçmesi, İskenderun, Mersin, Antalya ve öteki güney limanlarımızın dış dünya ile ilişkisini tehlikeye şokar. Adanın, hava savunması bakımından önemi de aşikârdır. Kıbrıs'ın havaalanlarının düşman kuvvetler eline geçmesi halinde ülkemizin hasım kuvvetlerin hava akınları açısından son derece kritik bir konuma gireceği de ortadadır.

Sovyet dünyasında son yıllarda görülen dağılma, Türkiye'nin karşısında bulunduğu tehdidin niteliğinde ne kadar süreceği belli olmayan bir değişiklik meydana getirmiş olsa bile, Türkiye'nin, Ortadoğu'da ortaya çıkan yeni gelişmeler sebebiyle güvenliğini sağlam tutması ve çok dikkatli davranması gereği kendisini açıkça hissettirmektedir. Bu nedenlerle Kıbrıs Adasının Türkiye'nin güvenliği açısından taşıdığı önem devam etmektedir ve hep devam edeceğe benzemektedir.

İki ayrı bölgede yaşayan, eşit haklara sahip iki toplum arasında nihai bir çözüm aranması halen gündemdedir. Bu çözüm arama gayretleri ve bunun iki toplum arasında bulunabileceği düşüncesi, Kıbrıs Adasının, Türkiye açısından taşıdığı önemi azaltmaz. Tarih ve coğrafyanın ortaya koyduğu gerçekleri de değiştirmez. Bulunacak çözüm, Türkiye'nin gerçeklerini hesaba kattığı ölçüde yaşam kuvvetine sahip olacaktır.

1923 Lozan Konferansında İngiltere'nin Kıbrıs üzerindeki hâkimiyeti kabul edilmiştir. Lozan Barış Konferansı, aynı zamanda, Türkiye ile Yunanistan arasında bir denge kurmuştur. İngiltere Adada kaldığı sürece, Türkiye Cumhuriyeti hükümetleri Kıbrıs'a ait iç gelişmeleri sükûnetle takip etmiştir. Ancak, Kıbrıs Ortodoks cemaati içinde 1940'lar ortasında meydana çıkan kaynaşmalar, 1951 Şubatında Yunanistan'ın Kıbrıs'a ilişkin niyetlerini resmen belli etmesiyle yeni bir safhaya girmiştir. Türkiye, konuya ilgi göstermekle birlikte, durumu yine sükûnetle izlemiştir. Ancak, 1954 yılından sonra, değişmeleri oturduğu yerden izleyen adam, ayağa kalkmış, Kıbrıslı Türklerin ve aynı zamanda Türkiye'nin çıkarlarını koruma bakımından kararlı bir davranış içine girmiştir.

Kıbrıs sorununa ait anılarımızı toplayacak bu kitapçık, işte bu ayağa kalkan adamın hayat hikâyesini de dile getirmeye çalışacaktır.

1948'DEN 1955 LONDRA KONFERANSINA KADAR OLAN DEVRE

İkinci Dünya Savaşının sonlarından itibaren Kıbrıs Adasında Rum Ortodoks topluluğu ve bunların içindeki komünistler arasında kaynaşmalar ortaya çıkmış ve Kıbrıs üzerindeki Rum emellerinin ilk işaretlerini vermiştir. Türk kamuoyu, öncelikle öğrenci dernekleri ve basın, Kıbrıs'taki bu olumsuz gelişmeler karşısında tepki göstermekle birlikte, hükümet, durumu sükûnetle takip etmiştir. Türkiye'nin o zamanki tutumu bir yandan İngiltere'nin Kıbrıs Adasını terk etme niyetinde olmadığını belirtmek, diğer yandan da, Türk Yunan dostluğunun muhafazasına önem verildiğini her zaman vurgulamaktan geri kalmamak şeklinde tecelli etmiştir. 1948 ve sonraki yıllarda, hükümetin, özellikle Dışişleri Bakanı Necmettin Sadak'ın, Türk kamuoyundaki hassasiyeti yatıştırmaya çalıştığı görülmüştür. Necmettin Sadak, Ocak 1950'de TBMM Bütçe Komisyonunda bu tutumu tekrarlamış, endişeye mahal bulunmadığını, esasen İngiltere'nin Adayı bırakmak niyetinde olmadığını tekrarlamıştır. Özetle, bakan, şöyle demiştir:

"Kıbrıs sorunu diye bir sorun yoktur. Ada, bugün, İngiltere'nin hâkimiyeti ve idaresi altındadır. İngiltere'nin Kıbrıs'ı bir başka devlete devretmek niyetinde olmadığı da açıktır."

Bakanın geleceğe ait bir tahmin yürütmekten kaçınması üzerine, komisyonda söz alan milletvekilleri bu ihtimale değinmişler, her şeye rağmen, İngiltere, günün birinde, Adadan çekilmeye karar verirse eski mal sahibini heşaba katacaktır şeklinde temennide bulunmuşlardır. 1950 seçimlerine kadar hükümetin bu tutumu süregelmiştir. 1950 yılı Haziran ayında yapılan Demokrat Parti grup toplantısında, yeni Dışişleri Bakanı Fuat Köprülü de, bir milletvekilinin sorusuna cevaben bir Kıbrıs meselesi mevcut olmadığını belirtmiştir.

1951 yılında ise Yunanistan açıkça ortaya çıkmıştır. Şubat 1951'deki demecinde, Yunan Başbakanı Sofokles Venizelos, Kıbrıs'ın Yunanistan'a verilmesi gerektiğini resmen dile getirmiştir. Bu tarihe kadar Yunanistan hep perde arkasında kalıyor, Kıbrıs Adasındaki kaynaşmaları Rumlar, Komünistler ve Ortodoks kilisesi yürütüyordu. Şubat 1951'de, Yunan Hükümeti, resmen Kıbrıs'ta bu üç unsurun ortaya çıkardığı faaliyeti destekler olmuştur. Yunanistan'ın bu açık tutumu tabiatiyle Türkiye Büyük Millet Meclisinde tepki uyandırmıştır. Türk-Yunan dostluğunun sarsılmaması istenilmekle birlikte, Kıbrıs'ın Yunan hâkimiyetine girmesi ihtimali de ciddi kuşku yaratmıştır. Gelişmeler karşısında Dışişleri Bakanı Köprülü, yatıştırıcı tutumunu korumuştur. Basının bu konu üzerine ciddiyetle eğilmesi sonucunda, aynı yılın nisan ayında yaptığı bir açıklamada, Köprülü, Adanın durumunun değişmesi için bir sebep görmediğini söylemiştir. Bununla beraber, ilerde Kıbrıs'ın durumu hakkında bir değişiklik ciddi surette söz konusu olursa, Türkiye'nin haklarına aykırı bir şekilde konunun ele alınmasına imkân bırakmayız şeklinde, eskisine nazaran daha ileri bir tutum almıştır. Demek ki, Şubat 1951'de Yunanistan resmen sahneye çıkmış, Türkiye Hükümeti de Nisan 1951'de buna tepkisini göstermiştir.

1951 ve 1952 yıllarında Türkiye ve Yunanistan'ın NATO'ya girme çabası içinde olmaları, 1953 yılında Türkiye, Yunanistan ve Yugoslavya arasında Balkan İttifakının meydana getirilmesinin ön plana çıkması, Kıbrıs konusunu bir ölçüde perdelemiştir.

1954'de Yunanistan'ın Kıbrıs açısından yeni gayretler içine girmeye hazırlandığı, meseleyi İngiltere'yi karşısına almak suretiyle götürmeye yöneleceği ortaya çıkmıştı. *(1954 yılı Mayıs ayında Türkiye'de genel seçimler yapılacaktı. Fatin Rüştü Zorlu o tarihte Türkiye'nin NATO nezdindeki daimi delegesi idi. Ancak, Başbakan Menderes, özellikle ekonomik konularda kendisiyle istişarede bulunmak üzere Zorlu'yu her ay Ankara'ya davet ederdi. 1954 yılı Mayıs ayı başlarında, Zorlu, Paris'ten Ankara'ya geldi. O tarihte İktisadi İşbirliği Genel Sekreteriydim. Her gelişinde, Zorlu, benim çalışma odama da uğrardı. Mayısta gelişinde, Başbakanla görüşmesini anlattı. Milletvekilliği seçimlerine gireceğini söyledi. Başbakanla konuşması sırasında Kıbrıs konusunu da ortaya attığını ve hükümetin daha hareketli olmasını önerdiğini, bunun gerek Türkiye'nin dış politikasının gereksinimleri açısından, gerek iç politika yönünden lüzumlu olduğunu belirttiğini nakletti. Muhalefetin seçimlerde, bu konuyu gerçekten istismar edeceğini ve Kıbrıs'ın Yunanistan'la birleşmesine hükümet göz yumuyor gibi bir propagandaya yöneleceğini vurguladığını söyledi. Menderes'in, Kıbrıs konusunda artık daha açık bir tavır al-*

Fatin Rüştü Zorlu

mak ve Yunanistan'ın emellerine karşı çıkmak için enerjik bir davranış içine girmeyi kararlaştırdığını sözlerine ekledi. Hükümetin, tedrici olarak, Kıbrıs konusunda sesini yükseltmeye başlamasında Zorlu'nun ikaz ve önerilerinin önemli bir rolü olduğuna inanırım.)

Mayıs 1954 seçimlerinden sonra, Amerikan Hükümeti, Başbakan Adnan Menderes'i, Amerika'ya resmi ziyarette bulunmaya davet etmiştir. Bu davet konusunda, ne Başbakanın ne de başka bir yetkilinin bir girişimi ya da bir telkini söz konusudur. Dışişleri Genel Sekreter Yardımcılığına ek olarak, o tarihte, İktisadi İşbirliği Genel Sekreterliği de üzerimde idi. Özellikle Amerikan yardımı başta olmak üzere, Türkiye'nin dış iktisadi ilişkileri görev alanıma dahil bulunuyordu. 1954 yılının ilk aylarında, Başbakan Menderes, ekonominin performansı konusunda iyimserdi. Bu iyimserliğin önemli bir nedeni, tarım alanında Türkiye'nin 1953 yılında büyük bir gelişme göstermiş olması ve buğday üretiminde Arjantin'i geçerek dünyada dördüncü ülke sırasına girmesiydi. O yıl Amerikan iktisadi yardımının 60-70 milyon dolar civarında kalacağını haber almıştık. Bu haber Başbakanı hiç etkilemedi. "İktisadi gelişmemiz kuvvetli bir seyir takip ediyor. Amerikalılar isterlerse hiç yardım yapmasınlar. Biz dürüst müttefik olarak yolumuza devam ederiz," biçimindeki düşüncesini bana ifade etmişti.

Davet konusuyla ilgili olarak, 1954 yılı Mayıs ayında ABD Büyükelçisi Avra Warren'in kabulünde Menderes'in yanında ben bulunuyordum. ABD Büyükelçisi özetle şöyle konuştu: "Büyük bir seçim zaferi kazandınız. Şimdi tam sırasıdır. Amerika'ya gidiniz. Prestijinizin doruk noktasında olduğu sırada bu ziyareti gerçekleştirmek çok olumlu sonuçlar verebilir. Örneğin, ekonomik ve askeri yardımları beş yıllık bir plana bağlamayı sağlayabilirsiniz. Böylece, ileride yapacağınız işler bakımından sağlıklı hesaplar yapma imkânına kavuşabilirsiniz."

Menderes, bu davete ilişkin herhangi bir girişimde olmamakla beraber, Amerika Birleşik Devletleri Büyükelçisinin bu önerisini olumlu karşıladı. On, on beş gün gibi kısa bir süre içerisinde, bürokrasi, mümkün olan hazırlıkları tamamladı. Başbakanın 1954'deki ABD ziyaretinin evveliyatı budur.

ABD'ye giden heyette Başbakan Adnan Menderes'in yanında Başbakan Yardımcısı Fatin Rüştü Zorlu, Genelkurmay Başkanı Orgeneral Nurettin Baransel, Dışişleri Müsteşarı Nuri Birgi, İktisadi İşbirliği Genel Sekreteri Melih Esenbel bulunuyordu.

Menderes'in ABD ziyaretine değinmekle Kıbrıs sorunu dışına çıkmış oluyoruz. Amaç, ABD ziyaretini anlatmak değildir. Dönüş yolunda, Menderes'in, Atina'da, Yunan Başbakanı Papagos'la buluşması kararlaştırılmıştı (6-7 Haziran, 1954). Atina'ya vardığımız gece, Büyükelçilikte, özel olarak toplanıldı. Başbakan ertesi gün, Yunan Başbakanı Papagos'la görüşme yapacaktı.

Bizim açımızdan görüşme konusu Yunanistan ve Yugoslavya ile birlikte Balkan İttifakının gerçekleştirilmesini sağlamaktı. Büyükelçi, Cemal Hüsnü Taray'dı. Menderes, ertesi günkü konuşmanın hazırlıklarını yaparken, Büyükelçiye Papagos'un ertesi günkü konuşmalar sırasında Kıbrıs konusuna herhangi bir şekilde değinip değinmeyeceğini sordu. Taray, "Bildiğim kadarıyla bu konuyu açacaktır," diye yanıt verdi. Başbakan Menderes hiddetlendi: "Kıbrıs konusunu Yunan Hükümetinin herhangi bir şekilde bana açmasına izin vermem. Bu niyette iseler, şimdi gidip Yunan Hükümetine bildiriniz ve Atina ziyaretini iptal ediniz. Yarın sabah Türkiye'ye dönüyorum," dedi. Başbakanın amacı, Yunanistan'ın Kıbrıs konusunda taşıyabileceği niyetlere karşı koymak, bu yola giderlerse Türkiye ile ilişkilerin bozulmasına sebebiyet vereceklerini anlatmaktı.

Büyükelçi Taray, geç vakit, Yunan tarafıyla temasa geçti ve ertesi gün yapılacak konuşmada, Papagos'un Kıbrıs konusunu açmayacağı yanıtını getirdi. Ben, Papagos'la görüşmelerde bulunmadım. Ancak, Başbakan Yardımcısı Zorlu'dan öğrendiğime göre, Papagos, Kıbrıs konusuna herhangi bir şekilde değinmedi. Konuşmalar Balkan Paktına ilişkin sorunları kapsadı. Sırası gelmişken şunu eklemekte yarar vardır: Bu Balkan Paktı uzun ömürlü olmamıştır. Başlıca nedenlerinden birisi Kıbrıs sorunudur. Kıbrıs konusu, Yunanistan ile Türkiye arasında alevlendikten sonra, ittifakın temelleri sarsıldı. Gerçekten, Yunanistan, müttefiki Türkiye'nin tarihi stratejik dayanaklarını hiçe sayarak Kıbrıs'ı ele geçirme niyetini açıkça ortaya koymuştu. Diğer müttefik Yugoslavya ise Yunanistan'ı frenleyecek yerde Üçüncü Dünya ülkelerinin ileri gelenlerinden olması nedeniyle self determinasyon meselelerinde, iddia sahiplerine, destek vermekten vazgeçmeyeceğini belirtmiş, sonuçta, dolaylı yoldan, Yunanistan'ın yanında yer almıştı.

1954 yılında Yunanistan'ın Kıbrıs sorununu görüşme açısından, İngiltere üzerindeki baskıları devam etmiştir. İngiltere Hükümeti ise Yunanistan ile herhangi bir görüşmeye yanaşmamıştır. Yunanistan, diğer taraftan, yukarda değindiğimiz, Üçlü Balkan Paktını 1954 yılı Ağustos ayında imzalamış, ancak 16 Ağustos 1954 tarihinde, yani ittifakın imzalanmasından bir hafta sonra, Kıbrıs konusunu Birleşmiş Milletlere götürmüştür. Yunanistan, açıkça Birleşmiş Milletlere gidip Kıbrıs'ın kendi topraklarına ilhakını isteyemezdi. Onun yerine, Kıbrıs halkına *Self Determinasyon* verilmesi, yani, halkın kendi kaderini tayin hakkının sağlanmasını Birleşmiş Milletlerden istemiştir. Yunanistan, Türk-Yunan dostluğunu hiçe sayarak, emellerini, self determinasyon ilkesi yoluyla gerçekleştirmek peşindeydi.

Birleşmiş Milletlerde Yunanistan İngiltere ile mücadele

etti, başarılı olamadı. 17 Aralık tarihinde konu Birleşmiş Milletler Genel Kuruluna geldi. Ancak, Birleşmiş Milletler büyük bir çoğunlukla, şimdilik kaydıyla, Kıbrıs sorununun görüşülmemesine karar verdi. Yani, 1954 yılında, Yunanistan'ın self determinasyon konusunda Birleşmiş Milletlerden karar çıkartmak ve bu yolla Kıbrıs'ı ele geçirmek niyeti başarıya ulaşamadı.

1955 YILI VE LONDRA KONFERANSI

1955 yılı Türkiye'nin Kıbrıs işine herhangi bir şüpheye meydan vermeyecek bir şekilde taraf olarak katılmasına ait gelişmeleri kapsamaktadır. 1954 yılı sonlarından itibaren Türkiye daha ziyade Ortadoğu'da güvenliği sağlamak üzere bir ittifakın oluşturulması düşüncesine öncelik vermiştir. 1954 yılı sonunda Birleşmiş Milletlerin Kıbrıs sorununu görüşmeyi reddetmesi bir ölçüde, dikkatimizin Ortadoğu Güvenlik Sorunu üzerinde toplanmasına imkân sağlamıştır. *Birleşmiş Milletlerin Kıbrıs meselesini ele almaması, bize, tabiri uygunsa, biraz soluk alma imkânı vermiştir. Bölgemizin güvenliğinin sağlanması yolunda, Türkiye'nin başı çeken bir rol oynaması, dış politikamızın önemli bir hedefiydi. 1954 yılı sonu ile 1955 yılı başlarında Ortadoğu Güvenliği konusu ön planda yer almıştır. 24 Şubat 1955 tarihinde Irak ile Bağdat Paktı imzalanmıştır. Bağdat Paktının imzalanmasıyla sonuçlanan antlaşmanın son kaleme alınışına ait görüşmeleri Bağdat'ta Irak Dışişleri Bakanı ile ben yaptım. Genel Sekreter Nuri Birgi, Cumhurbaşkanı Celal Bayar ile Pakistan'a gitmiş olduğundan, Genel Sekreter Vekili sıfatıyla Bağdat Paktının imzalanmasına ait son aşamada bana görev düşmüştü. Başbakan Menderes ve Başbakan Yardımcısı*

Başbakan Adnan Menderes ve Melih Esenbel

Fatin Rüştü Zorlu'nun yanında heyetimizin bir üyesi olarak orada bulundum ve Pakt, Başbakan Menderes ile Irak Başbakanı Nuri Sait Paşa arasında imzalandı.

1955 yılına girilmesiyle, Kıbrıs'taki Kilise, Rum cemaati ve Komünist Partisinin işbirliğiyle yürütülmekte olan tedhiş hareketi hız almaya başlamıştı. Bu tedhiş hareketi için gerekli silahlar ise Yunanistan tarafından gönderiliyordu. Tedhiş hareketleri İngilizlere karşıydı. Amaç, İngilizleri yıldırmak, Yunan ve Rum emellerinin gerçekleşmesine imkân verecek tertiplere girmesini sağlamaktı. Ancak, bu tedhiş hareketlerinin orada kalmayacağı, Kıbrıslı Türkleri de yıldırmak için onlara da yöneleceğini Ankara kuvvetle tahmin ediyordu. Bu durumda bir yandan Kıbrıs'ta siyasi statükonun devamı istenirken diğer yandan Türklerin can ve mal güvenliğine zarar vermeye başlayan bu tedhiş hareketlerinin devam etmesine Türkiye'nin seyirci kalmayacağı gerçeğinin İngiltere'ye, Yunanistan'a ve dünya kamuoyuna anlatılması için çaba gösterildi. Türkiye'nin başlıca muhatabı, tabiatiyle, İngiltere oluyordu. Çünkü hükümranlık İngiltere'deydi. Kıbrıs'ta asayişin bozulmaması ve bu arada Kıbrıslı Türklerin de Rum saldırılarından korunması sorumluluğu ona aitti. Bir yandan İngiltere'ye sorumluluklarını hatırlatmak konusunda sürekli baskı yapılması öngörülürken diğer yandan Kıbrıslı Türklerin saldırılardan korunmaları için somut tedbir oluşturmak ihtiyacı Ankara'da zihinlerde yer etmeye başlamıştı. Yunanistan'ın amacı Rum Ortodoks Kilisesi, Rum halkı ve Komünistleri harekete geçirerek İngiltere üzerindeki baskıyı giderek artırmaktı. Bu amaç için, sürekli kan akmasını da göze alarak İngiltere'yi Yunanistan ile başbaşa masaya oturmaya razı edeceklerini hesaplıyorlardı. Kolaycı bir yaklaşımla, Kıbrıslı Türklere azınlık hakları sağlanacağını vurgulamak ve bu suretle onların tatmin olabileceği yolunda propaganda faaliyetine girişilmesine özen gösterilecekti. 1955 yılının ilk yarısında bu koşullar içinde yol alınmış, tedhiş hareketleri, bu ilk yarının sonları-

23

na doğru, Kıbrıslı Türklere de sirayet etmiş, bu arada, Türk mahalleleri bombalanmaya başlamıştı. Kıbrıs Adasında durum bu yönde gelişirken, İngiltere, 1955 yılının ilk yarısında Londra'da bir konferans toplanmasına karar vermiş ve bu konferansa Türkiye ve Yunanistan'ı katılmaya davet etmiştir. Konferansın yalnız Kıbrıs'ı değil, Doğu Akdeniz'i ilgilendiren güvenlik sorunlarını da siyasi açıdan ele almak için tertip edildiği yolunda kapsamlı bir ifade kullanılmıştır. Türkiye bu öneriye derhal olumlu yanıt vermiştir. Bu konferansın sadece istişari bir nitelik taşıması bile Türkiye açısından çok önemliydi. Nihai bir sonuç alınsın ya da alınmasın Türkiye'nin, Kıbrıs'ın geleceğinin tayininde söz sahibi olduğu kabul edilmiş sayılıyordu. Kıbrıs, 1878 yılında emaneten İngiltere'ye bırakılmıştı. Ancak, Osmanlı Devletinin hükümranlık hakkı, 1914 yılında Birinci Dünya Savaşına Almanlar yanında katılıncaya kadar, devam etmiştir. 1923 Lozan Konferansında Türkiye, Ada üzerinde İngiliz hâkimiyetini kabul etmiş ama bu konuyu tamamıyla İngiltere ile kendi arasında bir sorun olarak ele almıştı. Lozan Antlaşmasının bir sonucu da Ege ve Akdeniz'de, Türkiye'nin çıkarlarının yeni kurulan bir denge içinde korunmasını öngörmüş olmasıydı. 1925 yılında, İngiltere, Kıbrıs'ı bir sömürge rejimine bağlamıştı. İngiltere'nin bu tasarrufu bir gün Kıbrıs'tan çekilirse, Kıbrıs'ın geleceğini tek başına istediği şekilde tayin edeceği anlamına gelemezdi. Lozan'da varılan anlaşma İngiltere ile Türkiye arasında olmuştur. Lozan Antlaşmasının 16'ncı maddesi Osmanlı Devletinden ayrılan toprakların geleceklerinin ilgililer tarafından tayin edileceğini belirtmiştir. Buna göre, ilgililer, yani Türkiye ve İngiltere, Lozan'da Adanın İngiltere'ye devri konusunda ânlaşmışlardır. Yunanistan'ın burada hiçbir rolü yoktur. Temas ettiğimiz bu noktalar, Türkiye'nin Kıbrıs üzerinde özel bir ilgisi olduğuna işaret etmektedir. Bu nedenledir ki İngiltere'nin 1955 yılı Ağustos ayı sonunda Londra'da toplanacak konferansa Türkiye'yi davet etmesi memnunluk yaratmıştır. Bu davet, Türkiye'nin Kıbrıs'a ilişkin tutumunun gözönüne alındığının bir delilini teşkil etmiştir. Bu arada, Kıbrıs'ta, karışıklıklar devam ediyordu ve tedhiş hareketleri, orada yaşayan Türklerin can ve mal güvenliğini de tehdit etmeye başlamıştı. Bu sebeple, Türkiye, Londra Konferansına gitmeden önce İngiltere'nin dikkatini bu nokta üzerine çekmeyi ve ona sorumluluğunu hatırlatmayı uygun görmüştü. Konuya ilişkin olarak, Dışişleri Bakanlığı, 23 Ağustos 1955 tarihinde, yani konferansın toplanmasından bir hafta önce, Ankara'da İngiliz Büyükelçiliğine bir nota vermiştir. Bu notada İngiltere Hükümetinin Kıbrıs'taki tedhişçiliği derhal önlemesi ve Kıbrıslı Türklerin can ve mal güvenliklerinin teminat altına alınması istenmiştir. Notada ayrıca, Kıbrıs'ta 28 Ağustosta büyük hareketler olacağı yolunda Kıbrıslı Türklere yönelik söylentilerin sürekli devam ettiği; Kıbrıs Türklerinin bir çeşit imha tehlikesi ile karşı karşıya bulunduğu ve Türkiye Cumhuriyeti Hükümetinin artık hareketsiz kalmasına imkân kalmadığı kesin bir dille belirtilmiştir. Böylece, hem Kıbrıs Türklerinin kuşkuları yatıştırılmak istenmiş, hem de Türkiye'nin Kıbrıs konusunda herhangi bir kuşkuya yer bırakmayacak biçimde sahneye çıktığı ifade edilmiş oluyordu. Türk heyeti Londra'ya hareket etmeden önce asıl perde İstanbul'da açılıyordu. Başbakan Menderes Türk heyetine moral güç sağlamak istiyor, bir yandan da, İngiltere ve Yunanistan'ı Türkiye'nin kararlılığı konusunda yanlış bir hesap yapmamaları için, kuvvetle uyarmayı gerekli görüyordu. Bu amaçla 24 Ağustos akşamı İstanbul'da, Liman Lokantasında Türk delegasyonu üyelerini, bazı bakan ve mebusları ve bazı gazete başyazarlarını kapsayan bir yemek tertip edilmişti. Ben de Başbakanın refakatinde İstanbul'a gelmiştim. Başbakan Menderes'in 24 Ağustos 1955 tarihli, Liman Lokantası nutku, gerçekten Türkiye'nin Kıbrıs sorununa ilişkin tutumunu kesin bir dille ortaya koyan ve Kıbrıs sorununda yeni bir dönem açıldığını kuvvetle dile getiren ilk belgedir.

Daha yukarda değindiğimiz gibi, İngiltere Hükümetine gerekli uyarı, 23 Ağustosta Ankara'da verilen bir nota ile yapılmıştı. Ancak, Başbakan Menderes diplomatik notalarda ifade edilmeyen bazı kuşkuları açıklıkla ve güçlü bir lisanla dile getirmişti. "28 Ağustosta Kıbrıs'ta ırkdaşlarımıza karşı bir tedhiş hareketine girişileceği, hatta bunun bir katliam şeklini alacağı sürekli olarak etrafa duyurulmaktadır. Oradaki halkımız silahsız ve hareketsiz olabilir. Ancak, bu durum, hiçbir zaman onların bir an için dahi savunmasız kalacakları anlamına gelemez. Bu bakımdan büyük bir endişe ve heyecan içinde bulunan ırkdaşlarımızı tatmin etmek ve müsterih kılmak isteriz" demiştir.

Başbakanın bu sözleri, o tarihe kadar Türk Hükümetleri adına yapılmış beyanların kuşkusuz en sertiydi. Başbakan nutkunda, Türk-Yunan dostluğuna da değinmiş, bu dostluğa verdiğimiz önemin değerini bir kere daha tekrarlamış, şimdiye kadar bütün kışkırtmalara rağmen, Türkiye'nin soğukkanlılığını daima koruduğuna değinmiş ve o günkü beyanatının da Yunanlı müttefik ve dostlarımızı bir hesap hatası yapmaktan korumayı amaçladığını kaydetmiştir. Başbakan bu noktada, Yunanistan'a sert bir ihtarda bulunarak: "Türkiye'nin Kıbrıs statükosunda bugün için ve hatta yarın için bu memleket aleyhine olabilecek bir değişikliğe kat'iyen tahammülü yoktur," demiştir. Menderes, nutkunda, self determinasyon konusuna da değinmiş ve nüfus çoğunluğuna göre bir bölgenin kaderinin tayin edilmesi ilkesinin böylesine parçalı bir yerde uygulamaya koyulamayacağını söylemiştir. Başbakan beyanatını sürdürerek şöyle demiştir: "Bir taraftan tarihi olayları gözden geçirirken şu noktayı da Yunanlıların gözleri önüne sermek gerekir: Çoğunluk ilkesine dayanarak mı daha düh denilecek kadar yakın geçmişte Ankara önlerine kadar gelmişlerdir? İzmir'de, Aydın'da, Denizli ve Eskişehir'de ne arıyorlardı? Oralardaki tarihi misyonları self determinasyon ilkesini gerçekleştirmek miydi?" Menderes, nutkunun sonunu şöyle bağlamıştır: "Türkiye sahillerinin büyük bir kısmı başka devletlerin sahip olduğu gözetleme ve tehdit tertipleri karşısındadır. Bir tek Kıbrıs Adası, bugün için, bu tertiplerin dışında görünüyor. Kıbrıs, Anadolu'nun devamından ibarettir ve güvenliğinin esaslı noktalarından birisidir. Bu itibarla, Kıbrıs'ın bugünkü durumunda, bir değişiklik söz konusu olursa, bunun teknik esaslara göre değil, çok daha önemli diğer gerçeklere ve dayanaklara uygun bir çözüme kavuşturulması gereklidir. Bu da Kıbrıs'ın Türklere iadesinden başka bir şey değildir. Atatürk ve Venizelos'un gerçekleştirdiği Türkiye ve Yunanistan arasındaki dostluk ve barışın devamından yanayız. Ama bugünkü durum bize, geçmişteki fedakârlıklarımızı ve aynı zamanda tehlikelerle dolu geçmiş yılları hatırlatmaktan geri kalmaz. Unutmamak gerekir ki, Yunanistan hep emperyalizmle karışmış bir gelişme politikası izlemiştir. Girit örneği ortadadır. Yunanistan'ın bu politikası hem Yunanistan hem de Türkiye için kötü sonuçlar doğurmuştur. Girit alınmışsa başka yerler neden alınmasın diye düşünmüşlerdir. Bu düşüncelerle değil mi ki Ankara önlerine kadar gelmişlerdir? Vaktiyle Girit'te uyguladıkları yöntemleri şimdi Kıbrıs'ta sürdürmeleri, istese de istemese de, Türklere Yunanistan'ın yayılmacı davranışlarını hatırlatmaktadır. Bugün, bir avuç çoğunluğa dayanarak, Kıbrıs'ta, dünyanın başına yeni bir dert çıkarmaya yönelme eğiliminde gözüküyorlar. Bu durumda şu soruyu yinelemek zorunluğu ortaya çıkıyor: Ankara önlerinde ne arıyordunuz?"

Bu nutkun önemle üzerinde durulması gerekir. Çünkü, Başbakan Menderes, Londra Konferansına giderken, hem kendisini, hem de Tük heyetini belirli bir görüşe dayanan, açık ve tavize yol açmayacak bir yaklaşıma bağlamıştı. Konferans süresince ortaya çıkabilecek tutum şöylece özetlenebilir: Kıbrıs'ta statüko devam edebilir ama Türkleri de hedef almaya başlayan terörizm derhal durdurulmalıdır. Bu yapılmadan hiçbir şeyin görüşülmesinde yarar yoktur. Ayrıca mümkün de değildir. Bu sağlandıktan sonra, İngiltere'nin amacı bir yandan Adada hükümranlığını sürdürmek diğer yandan Ada halklarına özerklik getirmekse, bu konu üzerinde konuşulabilir. Ancak, bunun da şartı self determinasyona gidilmeyeceğinin İngiltere tarafından temin edilmesidir. Bu yapılmadan yola çıkılırsa, yani, tedhiş durdurulmadan ve self determinasyon planlanmadığı teminatı verilmeden özerklik müzakeresi yapmak son derece yanlış olur ve Rumlar özerkliği kullanarak self determinasyona ulaşmayı deneyebilirler. Türkiye'nin bu görüşünün, konferansın açık veya kapalı çeşitli safhalarında, belirlendiğini göreceğiz.

Konferansın açılışında ilk sözü İngiltere Dışişleri Bakanı Harold MacMillan almıştı (30 Ağustos 1955). MacMillan'ın görüşleri kısaca şu temaları işlemişti: Bu konferans resmi bir konferans değildir. Birbirlerine ittifak bağları ile kenetli üç ülkenin Kıbrıs üzerindeki görüş ayrılıklarını nasıl uzlaştırabileceklerinin araştırılması için tertiplenmiştir. İngiltere'nin 1878 tarihli Kıbrıs'a ilişkin Osmanlı-İngiliz ittifakı

İngiltere Dışişleri Bakanı Harold MacMillan...

ile yüklendiği Doğu Akdeniz ve Ortadoğu savunmasının 1955 şartlarında da devam ettiği vurgulanmıştır. NATO stratejisi içerisinde Doğu Akdeniz'in savunmasının da İngiltere'ye verilmiş olduğu ve stratejinin ön planda Kıbrıs'a dayandığı belirtilmiştir. MacMillan, bu girişten sonra, Kıbrıs üzerindeki egemenliğin münhasıran İngiltere'ye ait olduğunu tekrarlamış, Kıbrıs'taki tedhiş hareketlerine acı bir dille değinmiş ve sonunda Kıbrıs konusunda İngiltere'nin o günkü görüşünü şu şekilde özetlemiştir: "Bütün ilgililerin haklarını dikkate alan bir özerklik rejiminin gerçekleştirilmesi imkânları araştırılmalıdır."

31 Ağustosta Yunan Dışişleri Bakanı söz almıştır. Yunanistan'ın görüşünün ana hatları aşağıda belirtildiği gibidir:

1) Kıbrıs halkına self determinasyon hakkı tanınacaktır.

2) Kıbrıs halkı bu haktan yararlanıncaya kadar, İngiltere, Kıbrıs'taki üslerini elinde bulunduracaktır.

3) Türk azınlığına din, eğitim ve ekonomi alanlarında serbestlik tanınacak.

Azınlığa tanınacak bu serbestlik çoğunluğunkine eşit düzeyde olacaktır.

Türkiye'nin görüşünü Dışişleri Bakanı Zorlu açıkladı. Bu görüşün içerdiği esas noktalar şunlardı:

1) Kıbrıs Adasının Türkiye'nin savunması ve güvenliği açısından büyük önemi vardır. Bir savaş halinde, Kıbrıs hesaba katılmazsa, Türkiye'nin kuvvet ve kudretinin sürekliliği sağlanamaz. Zaten, 1878 yılında da bu sebeplerden Ada idaresi İngilizlere bırakılmıştı. Kıbrıs sorunu Türkiye ile İngiltere arasında konuşulabilir. Kıbrıs'a ait hükümler yalnız Türkiye ile İngiltere arasında gerçekleştirilmiştir. Lozan Antlaşması Kıbrıs'ın geleceğinin ilgili taraflar arasında tayin edilmesini öngörür. Taraflar ise Türkiye ve İngiltere'dir. Bu gerçeğe göz yumarak Kıbrıs'a self determinasyon ilkesi uygulamaya kalkışmak Lozan Antlaşmasının kurduğu düzeni olumsuz yönde etkiler ve çok kapsamlı sonuçlar doğmasına sebebiyet verebilir.

Bu sözleriyle, Zorlu, Batı Trakya ve Oniki Adanın durumlarının yeniden ele alınabileceğini kastetmiştir.

2) Yunanistan'ın iddiasının aksine, Türkiye, Lozan Antlaşması ile bütün haklarından feragat etmiş değildir. Lozan Antlaşmasının 16'ncı maddesi, Osmanlı İmparatorluğundan ayrılan toprakların kaderinin ilgililer tarafından tayin edileceğini belirtmektedir.

3) Statüko bozulup da ortaya bir Kıbrıs sorunu çıkarılırsa, Lozan'da kurulmuş olan denge bozulacak ve Türkiye de birtakım istekler ileri sürecektir. Bu ise Yunanistan için iyi sonuç doğurmaz.

4) Kıbrıs'ın Türkiye için stratejik açıdan önemi vardır. Türkiye'nin batı limanları muhtemel bir düşmanın etkisine açıktır. Savaş halinde Türkiye, ancak güney limanları yoluyla beslenecektir. Kıbrıs Adasına hâkim olacak kuvvet aynı zamanda batıdaki yani Ege Denizi'ndeki adaların da hâkimi olursa, Türkiye, gerçek bir çevrilme altına alınmış olur. Hiçbir ülke, tüm güvenliğinin, dost dahi olsa, müttefik de olsa, başka bir devlete dayanmasına razı olamaz.

5) Self determinasyon ilkesi her yerde uygulanamaz. Bu ilkenin uygulanmasında özel şartlar gözönünde bulundurulur. Örneğin, ahalisinin çoğunluğu İsveçli olan Aaland Adaları Finlandiya'ya, ahalisinin çoğunluğu Türk olan Batı Trakya Yunanistan'a bırakılmıştır. Hatta Lozan Konferansında Venizelos, Batı Trakya'yı kurtarmak için, self determinasyon fikrinin herhangi bir kayıt ve şarta bağlanmaksızın uygulanamayacağını söylemiştir.

6) Özerklik meselesi de şu şekilde ele alınmalıdır: Kıbrıs'ta Yunan Hükümeti ve Ortodoks Kilisesinin ortaklaşa kışkırtmış olduğu ayaklanma ve asayişsizlik derhal giderilmelidir. Yeni bir rejim kurulacaksa, Türklerin geleceği, can

ve mal güvenliği garanti altına alınmalıdır. Bu görüşün uzantısı olarak Adada özerklik uygulanacaksa her şeyden önce Yunanistan self determinasyon isteğini resmen geri almalıdır. Bu olmazsa, Yunanistan, özerkliği, self determinasyona dönüştürmek için yolun kendisine açıldığı kanısına varabilir.

Dışişleri Bakanı bu sözleriyle Başbakanın evvelce belirtilen görüşünü teyid etmiş oluyordu. Yani, özerklik konuşulacak olursa, her şeyden önce, Adadaki taşkınlıklar, ayaklanmalar durdurulmalı ve Türk toplumu orada güvenlik içinde yaşayabileceğine inanmalıdır. İkinci şart ise Yunanistan self determinasyon isteğinden tamamen vazgeçmelidir.

Yunanistan'a gelince, İngiltere'nin özerklik önerisine konferansın ilk günlerinde kesin cevap vermedi. Eylül ayında bir nota ile özerkliğin sorunun esasını halledemeyeceğini ileri sürerek öneriyi reddetti. İngiliz Dışişleri Bakanı, 6 Eylülde tekrar söz alarak özerklik konusunu işlemiş, özerklik anayasasını ve ortaya çıkarabileceği sorunları görüşmek üzere Yunanistan, Türkiye ve İngiltere arasında devamlı üçlü komisyon önerisinde bulunmuştur. Türkiye'nin Kıbrıs'ta söz sahibi olacağını gören Yunanistan bu önerinin pratik bir değeri olmadığını ileri sürmüştür.

Yukarda aktardığımız bilgilerle üç devletin de Londra Konferansında takındıkları tavrı ortaya koymuş oluyoruz. Bunu yaptıktan sonra, konferans sırasındaki gelişmeler ve özellikle İngiliz Hükümeti ile Londra'da konferans sırasında yapılan temaslar hakkında başdelegemiz Dışişleri Bakanı Zorlu'nun Ankara'ya sunduğu bilgiler ve Başbakanın karşı görüş ve talimatına da uygun ölçüde değinmeye çalışacağız.

Başbakan, daha önce belirttiğimiz gibi, görüşmenin

ana hatlarını 24 Ağustos tarihli Liman Lokantası toplantısında belirtmişti. Dışişleri Bakanı Zorlu, Londra'ya vardıktan sonra düşüncelerini Başbakana iletiyor. Liman Lokantası konuşmasında Başbakanın kuvvetle ortaya koymuş olduğu görüşün çok isabetli olduğunu belirtiyordu. Yunanlıların çeşitli propaganda yollarıyla, dünya kamuoyunu kendi istekleri doğrultusunda yönlendirmeye çalıştıklarını hatırlattıktan sonra dünya kamuoyunun, "Acaba, İngiltere ve Türkiye, Yunanlıları tatmine yarayacak bir formül arayışı içinde midirler" gibi yanlış bir izlenime sahip olabileceğine değiniyor. Şimdi ise, Türkiye'nin, kuvvetle sahneye çıktığının ve İngiltere'nin Adadan çekilmesi halinde Kıbrıs'ın Yunanistan'a gitmesine Türkiye'nin karşı koyacağının anlaşılmış bulunduğuna işaret ediyor. Başbakan, Dışişleri Bakanı Zorlu'ya hemen bir cevap göndererek, ister resmi ister gayrı resmi, ister esasa ister prosedüre ait bulunsun, Kıbrıs konusunda hiçbir tavize yanaşmayacağımızı, her fırsatta, Zorlu'nun muhataplarına anlatmasını bildiriyor. 24 Ağustos nutkunun Türk kamuoyunca eksiksiz şekilde onaylandığını hatırlatıyor ve başka türlü hareket etmenin mümkün olamayacağını, Kıbrıs'ta statükonun korunmasının asgari şart olduğunu, bu kesin görüşün, kapalı bir biçimde dahi, sınırlarının dışına çıkılmasının hükümetçe düşünülemeyeceğini ifade ediyor.

Zorlu, Başbakanın yukarıdaki mesajını aldıktan sonra yeni bir mesaj gönderiyor ve İngiltere Dışişleri Bakanı MacMillan'la yaptığı özel görüşmeyi naklediyordu. İngiliz bakana, ülkesinin Lozan'da kendisine verilen rolü sürdürdüğü sürece Türkiye'yi yanında bulacağını, ancak bu yoldan ayrılıp Yunanistan'ın ilhakçı emellerine dayanak hazırlayacak ödüncü bir politikaya yöneldiği takdirde ise, Türkiye ile İngiltere'nin yollarının ayrılacağını, hatta ters bir yöne dönmek zorunda kalacağını belirttiğini yazıyordu. Bu görüşün, Başbakanımızın 24 Ocak tarihli beyanında çok açık ve kesin bir şekilde ortaya koyulduğunu muhatabına ifade ettiğini kaydediyordu. MacMillan cevabında, Türkiye Başbakanının nutkunu ve ondan evvel Ankara'da Dışişleri Bakanlığı'nın vermiş olduğu notayı tetkik ettiğini, ancak konuya bir çözüm bulunmasının da gerektiğini belirtmişti. Bu konuda, henüz açık bir fikirleri olmadığını, ancak self determinasyonu sürekli reddetmek suretiyle Kıbrıs'ın müstemleke statüsünün devamını istemek konusunda İngiltere'nin zorlanmakta olduğuna işaret etmişti. MacMillan, çok kesin tavır almanın sakıncalarını vurguluyor, Zorlu ise, vaktiyle Ankara önlerine kadar gelmiş olan Yunanlıların Kıbrıs'ı ele geçirmek suretiyle Türkiye'yi muhasara etmesine, ülkesinin kesinlikle izin vermeyeceğini söylüyordu. Halen Türkiye Hükümeti esnek görünmüyorsa, başka bir imkân olmadığı için öyle davrandığını MacMillan'a anlatıyordu.

İngiltere Dışişleri Bakanı henüz kesin bir kanıya sahip olmadıklarını tekrarlayarak görüşme kapısını açık tutma eğilimi gösteriyordu.

Dışişleri Bakanı Zorlu, Londra Konferansının ilk günlerinde, tarafların tutumlarını ortaya koymaları ve özellikle İngiltere Dışişleri Bakanı ile yaptığı temaslar sonunda şöyle bir izlenim ediniyor: *"İngilizler o gün için self determinasyon konusunda bir taahhütte bulunmuyorlar, ancak Yunanlıları da bir ölçüde tatmin etmeye temayül edebilirler. Örneğin, herhangi bir tarih tespit etmeden, ilerde, self determinasyon hakkının tanınmasına imkân verileceği yolunda bir söz verebilirler. Ancak, Başbakanın 24 Ağustosta yaptığı kesin beyanat ve heyetimizin buna dayanarak yürüttüğü çalışmalar bir ölçüde şaşkınlık yaratmıştır. İngiltere bu noktada Türkiye'nin takındığı tu-*

34

tumu sürdürmek konusunda ne derece ısrarlı davrana-cağının teşhisini koymak ihtiyacında olabilir. Başka bir deyişle, bizim tutumumuz konusunda tereddütleri dağıl-mamış olabilir. MacMillan, özel konuşmada, olumsuz bir tavır takınmamıştır fakat Türk tarafının düşünceleri-ne katıldığını da ifade etmemiştir. Onun için de bu alanda çalışmalarımıza kuvvetle devam etmemiz gereki-yor."

Zorlu'nun MacMillan'la yaptığı ilk görüşmeye ait nak-lettiği hususlar Başbakan üzerinde olumsuz denebilecek bir etki yaratmıştı. MacMillan, Türk Dışişleri Bakanı ile yaptığı bu ilk görüşmede, Başbakanın Liman Lokantası nutkunun, taraflar arasında işbirliği olanaklarının mevcut olup olmadı-ğının araştırıldığı bu aşamada karışıklık yaratabileceğini ima etmişti. İngiliz devlet adamının böyle bir imada bulu-nabilmesini Menderes hoş karşılamamıştı. Başbakan, Mac-Millan'ın ifadesini kabul etmeyeceğini, bu beyanı garip te-lakki ettiğini bildirmiş ve Dışişleri Bakanının kesin bir dille, ilk fırsatta, MacMillan'a bu menfi tepkisini iletmesini iste-mişti. Menderes, 24 Ağustos beyanatının Türk milletince yüzde yüz desteklendiğini ve bunun dışına çıkılamayacağı-nın kesin bir dille İngiliz Dışişleri Bakanına iletilmesini isti-yordu.

Konferansın daha bu ilk günlerinde, üç taraf arasında, bir uyum sağlanamayacağı aşağı yukarı belli olmuştu. Zor-lu, konferansın bir sonuca varmadan dağılabileceğini düşü-nerek Başbakana yeni bir öneride bulunuyordu. Zorlu'nun önerisi şöylece özetlenebilir: Konferans sonuca varmadan dağılabilir. Bu bize bir zarar getirmez ve bir tehlike de doğ-maz. Ama, dünyanın içinde bulunduğu tehlikeli şartları gö-zönünde bulundurarak ve bizim mensubu bulunduğumuz barışçı cephenin uyum ve sağlamlığını herhangi bir olumsuz etkiden korumak üzere, orta vadeli bir çıkış yolu aranabilir. Bu da, statükonun korunması, Kıbrıs şorununun 5-10 yıl sonra tekrar ele alınması ve o tarihe kadar da tarafların herhangi bir faaliyette bulunmamak üzere aralarında bir çeşit mütareke yapmalarıdır. Dışişleri Bakanının bu önerisi, Menderes'in üzerinde olumsuz bir etki yaptı. Başbakanın bu öneriye karşı bakış açısı şöyleydi: Bu konferansın toplanmasını biz önermedik. Dağılırsa herhangi bir açıdan biz zarar görmüş olmayız. Dağılma halinde bize herhangi bir manevi sorumluluk da düşmez. NATO'nun imajında olumsuz bir etki yaratmamak için geçici olarak bir çıkar yol düşünülebilir. Bu çıkar yol dış görüntünün korunmasını amaç edinebilir. Bu dış görüntünün korunması hesabına ya biz bir teklifte bulunacağız ya da karşı taraf öneri ileri sürecektir. Bu takdirde bazı şartları kabul etmek durumunda kalabileceğiz. Bizim için önemli olan statükonun korunması veya bu statüko değişecekse Kıbrıs'ın Türkiye'ye geri verilmesi temel ilkesinin herhangi bir zaafa uğramadan korunmasıdır. Bugün 5-10 yıl için moratoryum teklif edilmesi, o zamana kadar statükonun korunması kabul edilse dahi, esas tutumumuzun sağlamlığına zarar verebilir ve hiç olmazsa bu konuda tereddütler doğmasına yol açabilir ve ileride Yunanlıların Adaya sahip çıkma konusunda besledikleri umutların daha da kuvvetlenmesine yol açar. Kısacası, dış görünüşü kurtarma hesabıyla, ileride, Kıbrıs konusundaki tutumumuzu zaafa uğratabilecek herhangi bir çözümü benimsemek bizim için mümkün olamaz. Yalnız bizim için değil, hiçbir Türk Hükümeti için kabule şayan olamaz. Yukarıda da belirtildiği gibi konferans fikri bizden çıkmamıştı. Onun için, konferansın başarıya ulaşmamasından bir kaygı duyulacaksa, bu bize ait değil başkalarına ait olacaktı. Konferansa katılmakta asgari hedefimiz Tükiye'nin tutumunu İngiltere ve Yunanistan'a ve bütün dünya kamuoyuna açıklama fırsatını iyi kullanmaktı. Bizim için de bu noktada bu kadarı yeterliydi.

Dışişleri Bakanı Zorlu, MacMillan'la yeniden özel bir görüşme yapıyordu. İngiliz Dışişleri Bakanı Yunanlılarla temas etmişti. Ona göre Yunanlı bakan şaşkın haldeydi. Bu şaşkınlığın sebebi bazı umut ve hayallerinin boşa çıkmasından ileri geliyordu. Yunanlılar bir yandan Kıbrıs'ı ele geçirmek isteyeceklerini, bu nedenle Adada sürekli karışıklık çıkarabileceklerini, bir yandan da bunun dostluk ve ittifak bağlarına bir zarar vermeyeceğini düşünmüşlerdi. Konferansta karşılaştıkları mukavemet, onlara bu dengeyi tutturamayacaklarını gösterdi. Bu nedenle şaşkınlık içindeydiler. MacMillan, bu durumda, İngiltere için tek bir yolun açık olduğunu görüyordu. Tarafların görüşleri arasında uyumsuzluk olduğu ilan edilmeliydi. Dünyaya karşı İngiltere'nin Adada sömürge rejimini sonsuza kadar sürdürme niyetinde olmadığı, Kıbrıs'a hiç olmazsa bir özerklik sistemi getirmenin söz konusu olabileceği açıklanmalıydı. Ancak, bu özerklik teklifinin Türk görüşünü de karşılaması gerektiğini İngiltere'nin ileri sürmesi uygun olacaktı. Bu öneriye Yunan Dışişleri Bakanının olumlu ya da olumsuz derhal yanıt vermesi istenecekti. MacMillan'a göre, Yunanlılar, zaten bu öneriye de karşı çıkacaklardı. Böylece dünya kamuoyu önünde güç duruma düşeceklerdi. İngiliz Dışişleri Bakanının amacı, Türkiye'nin, İngiltere'nin bu önerilerine karşı koymamasını sağlamaktı. O zaman konferansın başarısızlığının kabahatı Yunanlılara yüklenecekti. Menderes, bu öneri karşısında tutumunu değiştirmedi. MacMillan'ın Zorlu'ya yapmış olduğu açıklamanın Türk-İngiliz dostluk ve ittifakı açısından olumlu bir nitelik taşıdığını belirtiyordu. Ama onun asıl kaygısı, Türkiye'nin tutumunda en küçük bir geri çekilme veya yol değiştirmeye sebep olabilecek herhangi bir önerinin Türkiye tarafından onaylanamayacağını belirtmekti. Hatta Yunanlıların bu senaryoyu reddedecekleri kuşkusuz olsa bile.

Başbakanın bu konudaki son kararı, karşımızdakilere durumlarını yeniden ayarlama fırsatı vermeksizin ve özellikle Türkiye'nin, yeni bir önerinin az ya da çok olsun zedeleyici etkisine hedef olmaksızın, Londra'daki çalışmalara son vermesi yolundaydı. Konferansın, heyetimiz için, son bulmuş sayılmasının gerekli olduğunu da görüşlerine ekliyordu. Menderes'in bundan sonra, heyetimize, başka bir talimatı yoktu.

Dışişleri Bakanı Zorlu, MacMillan'la bu son görüşmesinden sonra, İngiltere Başbakanı Anthony Eden tarafından kabul edilmişti. Eden, Menderes'in 24 Ağustos tarihli nutkunu çok ilginç bulduğunu kaydetmiş, Menderes'e başarı dileklerini ve saygılarını göndermişti. Zorlu'nun MacMillan'a ifade etmiş olduğu görüşleri iyice kavramış olduğunu belirterek, MacMillan'ın önceden temas etmiş olduğumuz yeni önerisine değinmişti. Eden'in de düşüncesi esası korumak, haklarımıza ilerde herhangi bir zarar vermeyecek bir formül oluşturmak ve Yunanlıları kamuoyu önünde tamamen dışlar bir tavır takınmaktan kaçınmak yolundaydı. Ona göre de MacMillan'ın dediği gibi, Yunanistan bu yeni öneriyi reddederse dünya kamuoyunda güç durumda kalacaktı.

Dışişleri Bakanı Zorlu'nun Eden'e verdiği karşılık kesindi. MacMillan'a söylediklerini tekrarladıktan sonra Eden'e, İngiltere'nin Adadan ayrılabileceğini fakat Türkiye'nin ayrılmayacağını bildirmişti. Tabiatiyle kasdı, Türkiye'nin Kıbrıs'ın o günü ile değil, geleceği ile de meşgul olmak zorunluğunda olduğunu vurgulamaktı. Zorlu şu noktaları özenle belirtti: "Ada üzerindeki Yunan isteklerine karşı konulmalıdır. Her şeyden önce terörizm durdurulmalı, asayiş sağlanmalıdır. Bunlar yapıldıktan sonra, iki toplum, valinin gözetimi altında, aynen bir konfederasyonda olabileceği gibi, eşit idari haklara sahip olmalıydı." Zorlu, MacMillan'ın ortaya koyacağı yeni formülün, Yunanlıları gözeten bir hüviyet taşıması halinde Türkiye'nin bunu reddedeceğini sözlerine ekledi.

Bu yazışmaların devam ettiği sıralarda Menderes hep İstanbul'da idi. 6 Eylül akşamı Cumhurbaşkanı ile birlikte trenle Ankara'ya döneceklerdi. Ben de Başbakanın yanında idim. Tren saat 21'de kalkışa hazırlandığı sırada, Cumhurbaşkanı ve Başbakan, özel vagonun arka sahanlığında, kendilerini geçirmeye gelenleri selamlıyorlardı. O sırada, İstanbul Valisi Fahrettin Kerim Gökay hızla yaklaştı ve Başbakana hitaben, Londra'dan acele telefon olduğunu söyledi. Başbakan beni de yanına aldı ve Gara yöneldik. Telefonu önce ben aldım. Dışişleri Bakanı Zorlu, 5 yıl için moratoryom yapılması önerisini tekrarlıyor ve Başbakanın onayını rica ediyordu. Telefonu, tabiatiyle, Başbakana verdim. Zorlu, bana kısaca bildirdiği öneriyi Başbakana anlattı. Menderes'in karşılığı kısa oldu. Sinirli bir tavırla: "Fatin Bey siz ne söylüyorsunuz? Millet ayaktadır, ben moratoryum falan kabul edemem, İstanbul yanıyor. Oradaki işi bitirip artık ülkeye dönünüz," talimatını verdi. 6 Eylül olayından bu şekilde haberim oldu. Trene döndük ve Ankara'ya doğru yola koyulduk. Ancak, İstanbul'dan gelen haberler, olayın genişleyerek sürdüğünü duyurmuş olmalı ki Cumhurbaşkanı ve Başbakan Adapazarı'nda trenden inerek İstanbul'a döndüler.

1954 yılından itibaren, Türkiye'nin, Kıbrıs'ın Yunanistan'ın eline geçmesini önlemek için sürdürdüğü çabaları dile getirirken, İngiltere'nin o yıllardaki tutumuna, İngiliz kaynaklarına değinmek suretiyle açıklık getirmek yararlı olacaktır. Bu konuda en sağlam kaynak, kuşkusuz, Başbakan MacMillan'ın anılarıdır. (1. Harold MacMillan, TIDES OF FORTUNE, 1945-1955, London, MacMillan and Co. Ltd., 1969, s. 660-677) (2. RIDING THE STORM, 1956-1959, London, MacMillan and Co. Ltd., 1971, s. 657-701)

"MacMillan, Yunanistan'ın Adayı ilhak etme fikirlerinin 1954 yılında ortaya çıktığını, Türklerin de, vatanlarını tehdit eden tehlikenin öneminin giderek bilincine vardıklarını yazıyor.

İngiltere Başbakanı, milletlerarası hukuk açısından, Yunanistan'ın durumunun zayıf olduğunu, hükümranlık hakkı ileri süremeyeceğini kaydediyor. Venediklilerden sonra Kıbrıs'ın Osmanlı İmparatorluğunun hâkimiyetine geçtiğini ve ondan sonra bizzat, Yunanistan'ın kendisiyle birlikte, asırlar boyunca, Osmanlı İmparatorluğunun bir parçası olarak kaldığını hatırlatıyor. 1878'de Osmanlılarla yapılan antlaşma gereğince, Kıbrıs'ın İngiltere'nin idaresine bırakıldığını, amacın, başta Türkiye olmak üzere Yakındoğu topraklarının, İngiltere tarafından, Rus emperyalist saldırısından korunması olduğunu belirtiyor.

MacMillan, Kıbrıs'ın, günümüzde de, İngiltere'nin ulaşım yollarının korunması ve NATO ve benzeri organizasyonlardan doğan sorumluluklarını yerine getirmesi açısından tekrar önem kazandığına değiniyor. İngiltere'nin Mısır'dan çekilmesi üzerine Kıbrıs'ın alternatif üs olmasının kararlaştırıldığına işaret ediyor. Adanın, deniz kuvvetleri açısından olmasa bile, modern hava kuvvetlerini barındırmak bakımından büyük değer kazandığını vurguluyor.

Uluslararası hukuk açısından İngiltere'nin hükümranlık haklarının tartışma götürmediğini, ancak, tüm İngiliz İmparatorluğunu saran ve gittikçe artan baskının yerel özerklik (self government) ve onun arkasından kendi kaderini kendi tayin etmesi (self determinasyon) ilkesinin imparatorluk topraklarında uygulamayı gerekli kıldığına da işaret ediyor. Self government önerisi ileri sürüldüğünde, hemen self determinasyon ortaya atılıyordu. Eşitsizliği ve baskıyı önleyici garantiler getirdiği takdirde self government belki Kıbrıslı Türklerce olumlu karşılanabilirdi. Ama, Ankara'daki Türkiye Cumhuriyeti Hükümeti için, canalıcı önemdeki sahilleri karşısında bulunan ve başlıca limanlarını tehdit eden bu Adanın, bugün müttefik sayılsa da, siyasi düşman olmaya aday bir milletin eline geçmesi asla kabul edilemezdi. Kuşkusuz, Türkiye Hükümeti Kıbrıslı Türklerin huzur ve selameti konusuyla yakından ilgileniyordu. Ama her şeyden önce Adanın Türkiye'nin güvenliği için bir tehdit oluşturmasına izin vermemek kararlılığındaydı.

MacMillan konunun İngiltere'nin bir iç meselesi olduğundan Birleşmiş Milletlerde ele alınamayacağında ısrar edileceğini belirtiyordu (B.M. Anayasası madde 2.7). Ancak, tüm Doğu Akdeniz'de bu tutumun yaratacağı tepkiyi gözönünde bulundurarak, yeni bir girişimde bulunmayı gerekli gördüklerini, Amerikan ulusu ve hükümetinin desteğini sağlamayı amaçladıklarını açıklıyordu. MacMillan devamla, "İngiliz politikasının içtenliğini ispatlamak için yeni bir inisiyatif ileri sürüyorduk. İlk adım olarak, Yunanistan ve Türkiye hükümetlerini üçlü bir müzakereye davet ediyordu. Türkiye'nin kabul etmesi bekleniyordu. Yunanlılar da kabul ederse, İngiltere'nin Birleşmiş Milletlerde durumu kuvvetlenecekti," diyor.

"Herhalde Kıbrıs konusunda herhangi bir yeni düzenlemenin başarılı olması için gerek Türk gerek Yunan hükümetince kabule şayan olması gerekli idi. Davetlerimizi yaptık. Beklediğimiz gibi Türkler, prensip itibariyle kabul ettiler. Yunanlılar tereddüt gösteriyorlardı. Mamafih, temmuz ayında, Strasbourg'da, kendisiyle konuştuğumuzda, Yunan Dışişleri Bakanı Stefanopulos'dan, daveti kayıtsız şartsız kabul ettiğini hayretle öğrendim. Üstünde durduğu tek nokta, Türklerin Lozan'da bütün haklarından feragat ettikleri konusu idi. Yunan Dışişleri Bakanının bu yaklaşımı asla isabetli sayılamazdı. Çünkü Yunanlılar Kıbrıs'a hiçbir zaman bir hakka sahip olmamışlardı" şeklinde sarih bir açıklama yapıyor.

Londra Konferansının başarıya ulaşamayıp dağılması üzerine şöyle bir yorumda bulunuyor: "Sonuç hayal kırıcıdır. Ama sarfedilen çabanın yerinde olduğu ortaya çıkmıştır. Kıbrıs sorununun bir sömürge sorunu değil, büyük bir uluslararası dava olduğu ispatlanmıştır. Türkiye'nin tutumu bugüne kadar anlaşılmamıştı. Az kişi, Kıbrıs'ın gerek bizim gerek Türkiye için taşıdığı önemin farkındaydı. Gerçek şudur ki, Kıbrıs Adasını kim elinde bulundurursa İskenderun Limanını ve Türkiye'nin arka kapısını kontrol altına alır."

Bunları MacMillan söylüyor.

1956-1958. İNGİLTERE'NİN ÖZERKLİĞE YÖNELİK GİRİŞİMLERİ VE TAKSİM

1956'ya girildiğinde, Türkiye'nin Kıbrıs'a ilişkin tutumunda bir değişiklik yoktur. Kıbrıs'ta statüko devam ettikçe sorun çıkmaz. Statüko değişirse, Ada, eski sahibi Türkiye'nin hükümranlığına dönmelidir. Kıbrıs Adasında başka yerlerde yapıldığı gibi self determinasyon uygulanamaz. Adaya özerklik verilmesi düşünülürse, her şeyden evvel, Kıbrıs'taki tedhiş hareketlerinin durdurulması gerekir. Bu yapıldıktan sonra özerklik müzakereleri başlayabilir. Bu konunun ele alınışı zaman içinde nüans değişikliğine uğramış ve asayişin sağlanması, özerklik müzakerelerinin başlamasının değil uygulamasına geçilmesinin şartı olarak, mütalaa edilmiştir.

Londra Konferansı bir sonuca varamamıştır. Zaten biz böyle bir beklenti içinde değildik. Ancak, ne sebeple olursa olsun, İngiltere'nin bu konferansı tertip etmesi ve Türkiye'yi de buna katılmaya davet etmesi bizim açımızdan çok önemli bir gelişme sayılır. Demek ki Türkiye, Lozan'dan sonra, yine sahnededir. Kıbrıs'ın siyasi kaderinin tayininde söz sahibi bir taraf sıfatıyla hareket edebilecektir. 1954-1955 arasındaki bir yıllık kısa sürede Türkiye tarafından sarfedilen çabalar sonuç vermiş ve uzun vadede de olsa Türkiye yeni ufuklara doğru yol alma imkânına kavuşmuştu.

İngiltere de Londra Konferansından bir sonuç elde edememişti ama, özerklik konusunda harekete geçmeye kararlıydı.

İngiltere Hükümeti, Vali Harding'e özerklik konusunu ele alma görevini vermişti. Vali, bir yandan Makarios'la temasa geçerken, bir yandan da Türk cemaati liderleri ile görüşmelere başlamıştı. İngiltere, muhtariyeti getirmek konusunda kararlıydı. O halde, Türklerin haklarını korumak şartıyla muhtariyet, yani özerklik müzakerelerine olumlu açıdan bakılmıştı. Türkiye'nin müzakereleri memnunlukla karşıladığı söylenemez ama, gerçekçi bir yaklaşımla, Kıbrıslı Türklerin haklarının sağlam bir zemine bağlanması şartıyla, görüşmelerin yürütülmesi konusunda olumlu denebilecek bir tavır takınılması uygun görülmüştü.

Vali Harding'in, Kıbrıs'ta, Makarios'la yürüttüğü görüşmeler sonuç vermedi. Makarios, bu görüşmelerde, her şeyden önce self determinasyonun en kısa zamanda tanınacağı hakkında İngiltere'den bir teminat almak istemişti. Başpiskopos, özerklik konusunda, İngiltere'nin tekliflerini büyük ölçüde nazara almamış ve tedhişçiliğin durdurulması konusunda gereken girişimlerde bulunması önerisine de açık bir cevap vermemiş, her şeyden önce, kendi şartlarının kabulünde ısrar etmiştir. İngiltere, Adaya getirmek istediği özerklik konusunda Makarios'un işbirliği yapmaktan kaçındığını görerek, Başpiskopos'un tutuklanarak Hint Okyanusunda bir İngiliz sömürgesi olan Seyshell Adasına sürülmesine karar vermişti (9 Mart, 1956).

Makarios'un sürülmesinden sonra, İngiltere Dışişleri Bakanı 11-13 Mart 1956 tarihleri arasında Ankara'da temaslar yaptı. İki devlet arasında görüş alışverişinde bulunuldu. Bu temasların, İngiltere ile Türkiye'nin Yunanistan'ı dışarda bırakan bir işbirliği içine girdikleri şeklinde yorumlanması doğru olmaz. Ancak, bu görüşmeler, Türkiye'nin Kıbrıs konusuna karşı duyduğu ilginin İngiltere tarafından teslim edildiğinin yeni bir işaretini oluşturmuştur. Selvyn Lloyd'un Ankara ziyaretinin ardından İngiltere Başbakanı Eden'in, Avam Kamarasında yaptığı açıklama, aşağıdaki sözlerle İngiltere'nin tutumunu vurgular:

"Kıbrıs'ın yalnız İngiltere ile Yunanistan'ı ilgilendiren ve bu şekilde ele alınması gereken bir sorun olduğunu asla düşünmüş değilim ve hâlâ da kanaatım değişmemiştir. Kıbrıs'ın Türkiye'nin savunması açısından önemi büyüktür. Kıbrıs'ın statüsünde bir değişiklik yapıldığı takdirde, Türkiye'nin bu Adayı İngiltere'ye terk etmesiyle ilgili hükümleri içeren Lozan Antlaşmasının değiştirilmesini isteyeceğini bildirmesi hayret uyandırmamıştır."

Makarios'un Adadan sürülmesinden sonra, İngiltere, Kıbrıs'ta tedhişçiliğe karşı çabalarını artırdı. Ama tedhiş hareketleri azalacağına çoğaldı. Adadaki İngilizlere ilaveten Türkleri de hedef almaya başladı.

Tabiatiyle, Türk kamuoyu da bu olumsuz geişmelerden etkilenmişti. Kıbrıs'taki Türk liderleri, Türkiye Hükümetine başvurmuşlar, kendilerini korumak için yardım istemişlerdi.. 1956 yılı bahar aylarında Türkleri de hedef alma suretiyle gelişen Rum tedhiş hareketi, Türkiye açısından ciddi bir sorun olma niteliği kazanmıştı. Kıbrıs'ta EOKA aracılığıyla yürütülen tedhiş hareketlerinin arkasında Yunanistan'ın olduğu, bu desteğin sivil hüviyette Yunan subayları ve terörizm uzmanları tarafından yürütüldüğü bilinmekte ve Türkiye adına yapılan açıklamalarda işin bu niteliğine yer verilmekteydi. Dünya parlamentolarına bu gerçekleri açıklayan mesajlar göndermek suretiyle Türkiye Büyük Millet

Meclisi Kıbrıs'ta Yunanistan tarafından desteklenen terör hareketlerine dünya kamuoyunun dikkatini çekmeye yönelmişti. İngiltere, bir yandan bu tedhiş hareketleriyle uğraşmaya çalışırken, öte yandan özerklik konusundaki girişimlerini hükümet servislerinde yürütmeye devam etmişti. Türkiye'nin tutumunda ise herhangi bir değişiklik yoktu. Kıbrıs'ta statüko devam edebilir ama self determinasyon tanındığı takdirde, Türkiye Kıbrıs'ın bu yolla Yunanistan'ın eline geçmesini kabul etmeyecektir. Bu konuda, iktidar partisi, meclis grubunun yayınladığı bir bildiriyle kesin tutum almıştı. Bildiride Kıbrıs'ın coğrafya bakımından olduğu gibi tarih bakımından da Anadolu'ya ait olduğu ve Türkiye'nin güvenliği açısından hayati önem taşıdığı vurgulanmıştı. Bildiride ileri sürülen düşünceleri şöylece özetleyebiliriz: Kıbrıs'taki tedhiş hareketi, Adanın Yunanistan'a katılmasına yönelik maksatlı bir davranıştır. Bu hareketleri dostluktan uzak hatta düşmanca saymak gerekir. Yunanistan'ın Kıbrıs'ı ele geçirmek yönünde iddialar ileri sürmesi Türkiye ile Yunanistan arasında Lozan'da kurulmuş olan dengeyi bozmaya sebep olur ve o zaman Türkiye'nin ileri süreceği başka iddialar ortaya çıkar... Türkiye Batı Trakya ve Oniki Ada meselelerinin yeniden ele alınmasını isteyebilir. İngiltere, Kıbrıs'ın statükosunu bozarak başkalarının eline geçmesine yönelik hareketlere girişirse, bu tutum hiçbir şekilde kabul edilemez ve onaylanamaz.

Görüldüğü gibi, gerek hükümet, gerekse iktidar partisi meclis grubu, sürekli olarak, Yunanistan'a ilaveten İngiltere Hükümetini de uyarmaya önem vermiştir. Öyle sanıyorum ki, Türkiye'nin bu kararlılığı, İngiltere'nin mevcut olabilecek tereddütlerini dağıtmıştı. 1956 yılı yaz ayları başlarında, Dışişleri Bakanı Selvyn Lloyd ve onu takiben Başbakan Anthony Eden'in açıklamaları dikkatle not edilmeye değer.

Selvyn Lloyd'un konuyla ilgili sözleri şöyleydi: "Kıbrıs sorununda Türkiye'nin görüşünü gözönünde bulundurmak zorundayız. Gerçekten, Kıbrıs'a bağımsızlık verilmesi için herhangi bir tarih tespit edemeyeceğiz." Bunun arkasından, Başbakan Eden, yaptığı açıklamada şu noktalara değinmişti:

"Kıbrıs'a self determinasyon uygulaması Türkiye açısından, Lozan Antlaşmasının taraflarından birisi olması sebebiyle vahim sorunlar yaratacaktır. İngiltere self determinasyon ilkesinin uygulanması konusunda tek başına karar alamaz. Böylesine bir davranış tehlike doğurur. Şu anda İngiltere bu konuda uluslararası bir antlaşma sağlama imkânına da sahip değildir. Bu yüzden İngiltere Hükümeti, self determinasyon konusunda bir ilerleme kaydedilmesine olanak bulunmadığı gerçeğini kabul etmek durumundadır."

İngiltere Hükümeti, self determinasyon konusunda bu şekilde bir açıklama yapmakla birlikte, özerklik konusunu canlandırma niyetinde olduğunu da belirtmişti. Özerklik konusunun geliştirilmesi hususunda Lord Radcliff'e görev verilmişti. Amaç, İngiltere'nin hükümranlığı altında, Kıbrıs'ta bir liberal Özerklik Anayasası uygulaması için çalışmalar yapılmasıydı. Ancak, bu anayasanın yürürlüğe girebilmesi için Kıbrıs Adasında tedhiş hareketlerine son verilmesi, asayişsizliğin giderilmesi şart olacaktı. (Eden'in belirtmiş olduğu bu şart, Türkiye'nin görüşüne uygundu.) 1956 yazı ortalarından yıl sonuna kadar sözü geçen Özerklik Anayasası hazırlıklarıyla meşgul olundu. Radcliff, 1956 yılında bu çalışmaları yaparken, Yunan Dışişleri Bakanı Averof, ekim ayında, Atina'da yaptığı bir basın toplantısında Yunanistan'ın Türkiye'nin kuşkularını dağıtmak istediğini ve Türkiye'yi de tatmin edebilecek çözümler araştırıldığını söyledi.

Yunan Dışişleri Bakanı Averof ve Fatin Rüştü Zorlu

Averof'un, "Türkiye'yi tatmin edecek hâl çaresi araştırdığını" söylemekle neyi kastettiği pek bilinmiyordu. Ama o tarihlerde, Londra kaynaklı bir New York Times haberinde *"taksim"* fikrine değinilmişti. Atina Büyükelçimiz Settar İksel'in Yunanistan Dışişleri Bakanı Averof'la Ekim 1956'da yaptığı görüşmede, Averof'un taksim fikrini ileri sürdüğü 1958 yılında MacMillan planının ortaya çıkması sırasında açıklanmıştır. Bu fikrin o tarihte neden gizli tutulduğu, bu açıklamanın 1956 Ekim ayında neden yapılmadığı hakkında kesin bir bilgiye sahip değilim. Bence kuvvetli ihtimal Averof'un niyeti hakkında sağlam bir teşhis konulmamış olması, güvenilir bir niyet taşımadığı halde, Türkiye'yi yeni bir zemine çekmek, sonra da her şeyi inkâr edip onu güç durumda bırakmayı amaçladığına inanılmasıdır. 1958 yılında Türk tarafınca açıklanması ise ileride üzerinde duracağımız MacMillan planında, self determinasyon konusuna değinildiğinde taksim çözümünün İngiltere tarafından açık tutulmasının yararlı olabileceği mülahazasıdır.

1958'den 1956 Ekimine geri dönüp, Averof'la Settar İksel'in yaptığı görüşmeye ve bundan iki hafta sonra Paris'te Dışişleri Bakan Vekili Ethem Menderes ile Genel Sekreter Nuri Birgi'nin Averof'la yaptıkları gizli mülakâtı mümkün olduğunca açıklamaya çalışalım:

Büyükelçi Settar İksel'in 1958 yılında açıklanan Ekim 1956 tarihli mesajında belirtildiğine göre Averof'la buluşmasına Atina'daki Belçika Büyükelçisi Beart aracılık etmişti. Belçika Büyükelçisinin söylediğine göre, Averof, Türkiye ile ilişkilerin gerginliğinden şikâyetçiydi. İksel'le Belçika Büyükelçiliği binasında görüşme sağlanmasını önermişti. İksel öneriyi kabul edip, 7 Ekim sabahı Belçika Büyükelçiliğine gitmiş ve Belçika Büyükelçisi önerinin doğrudan doğruya Averof'tan geldiğini tekrarlamıştı. Görüşmeye bir girişim süsü verilmemesi için; Averof, İksel'le kendi bakanlığı yerine Belçika Elçiliğinde buluşmayı arzulamıştı.

Averof, İksel'den on beş dakika sonra geliyor. İki saat süreyle Belçika Büyükelçisi huzurunda görüşüyorlar. Yunan Dışişleri Bakanı ortaya çıkan vahim durumdan ve Türk Hükümetinin davranışlarından şikâyet ediyor. Görüşmenin başlangıç bölümünü, Makarios sürgünden döndükten sonra Atina'da yapılan görkemli karşılama töreni konusunda İksel'in tahrik ettiği –bence gereksiz– uzun bir tartışma teşkil ediyor. Nihayet, Averof, asıl konuya giriyor ve "istiklal" konusunu ortaya atıyor. Averof, bu çözüm şekli için yapıcı yollar araştırdıklarını ancak o ana kadar Türkiye'den olumlu bir telkin gelmemiş olduğunu kaydediyor. İksel, Belçika Büyükelçisinin önünde önerisini tekrarlamasını Averof'tan istiyor. Biraz tereddütten sonra "istiklal" konusunu açıklıyor. Klasik pazarlıkçı yöntemi ile, bu telkinin kendisinden geldiğini, ama hükümetinin reddedebileceğini vurguluyor. İksel, bizim üstünde durduğumuz çözümün "taksim" olduğunu, self determinasyondan bahsedilecekse, bunun iki topluma da tanınması gerektiğini belirtiyor. Averof, "istiklal" önerisi kabul edilirse, Türkiye'ye istediği her türlü garantinin verilebileceğini ve "istiklal" formülü yürümediği takdirde, taksimin ele alınmasının düşünülebileceğini belirtiyor.

İksel, iyi niyetle hareket ediyorlarsa, iki topluma da self determinasyon tanımalarını öneriyor. Averof, iki tarafın bir arada yaşadığını, birbirine karışmış olduğunu, Adanın bir bütün teşkil ettiğini, "taksim" halinde ortaya çeşitli güçlüklerin çıkacağını, dolayısıyla bu formülün imkânsız olduğunu bildiriyor. Averof, konuşma sonunda, maalesef bir çözüm göremediğini, Türk-Yunan ilişkilerinin geleceği hakkında iyimser olmadığını ve Türk Hükümetinin her hiddetlendiği anda Yunanistan'a çatması sonunda, diplomatik ilişkilerin kesilmesine sebebiyet verebileceğine işaret ediyor. İksel ise, diplomatik ilişkilerin kesilmesinin, esas konuya çözüm bulunmasına zarar vereceğini söylüyor ve yeniden Makarios'a yapılan görkemli törenlerin olumsuz etkilerine işaret ediyor. Bu görüşmeden, yaklaşık iki hafta sonra, Dışişleri Bakan Vekili Ethem Menderes, Genel Sekreter Nuri Birgi ile birlikte, Paris'te, Averof'la, gizli bir görüşme yapıyor. Bu görüşmeyi, zamanın İstanbul milletvekillerinden Hacopulos sağlıyor. Görüşme yeri, Paris'te oturan Averof'un yeğeninin evidir. Birgi'ye göre, mizansen güzel,

50

önemli bir gelişme olacakmış umudu yaratıyor. Halbuki, Averof yeni bir şeyler söylemiyor.

Nuri Birgi, görüşmenin izlediği seyri şu şekilde belirtiyor: Atina Büyükelçimiz İksel'e bir görüşme sırasında "taksim" hakkında Türk Hükümetinin fikrini sorduğunu ve bunu bir ehven-i şer olarak gördüğünü ifade etmiş olduğu Averof'a hatırlatılıyor. Averof, Ethem Menderes'e yanıtında, ani bir fikir kabilinden, ciddi surette üzerinde durmayarak, "Galiba böyle bir şey söylemiş olabilirim," diyor. Türk tarafı, "Ama yanlız İksel'e değil, Paris'te başka dostlara da söylemişsiniz," diye bir hatırlatma yapıyor. Averof, İtalya Dışişleri Bakanı Martino'ya söylemiş olabileceğini kaydediyor. Bizim elimizdeki bilgilere göre Spaak'a da söylemişti. Averof, bu fikri düşündükçe, uygulamasının kabil olmadığını, en azından, büyük güçlükler doğuracağı izlenimine vardığını belirtiyor. Yunan Dışişleri Bakanı bu görüşmenin son derece mahrem olduğunu ve Kral, Başbakan, kendisi ve Dışişlerinde tek bir yetkilinin bundan haberi olacağını ifade ediyor.

Genel Sekreter Nuri Birgi'nin bu görüşmeye ilişkin düşünceleri ise şu şekilde özetlenebilir:

"Averof'a göre Yunanistan sözde Kıbrıs'ı istemiyor. Kıbrıs halkı kesinkes self determinasyon talibi. Kıbrıs halkı mutlaka Yunanistan'la birleşmek istiyor da denilemez. Başka bir çözüm şekli önerilirse, Yunanistan, onu da destekler. Self determinasyona gidilir ve iltihak yolu açılırsa, Türkiye'ye her türlü teminat verilecek ve bu konuda bir anlaşma yapılacaktır. Türk kesimi askeri, ekonomik konularda tatmin edilecek. Arzu ederlerse Adadaki Türkler askerlik hizmetini Türkiye'de yapabilecekler. Haksızlığa uğrarlarsa uluslararası örgütlere başvur-

ma hakkı tanınacaktır. Averof, bir ek lütufta bulunup, plebisit tarihini de şimdiden tayin etmeyiz, diyor. Amerikalılarla yapmış oldukları temaslara değinerek, Amerikalıların siz Türklerle ne şekilde mutabık kalırsanız biz onu İngiltere'ye kabul ettiririz demiş olduklarını da açıklıyor."

Birgi'nin vardığı sonuç: Averof'un tutumunda ciddi bir yön yok. Bu konuda, öteden beri bilinen alışılmış, Yunan taktiğinin değeri olmayan, yeni bir örneğinden ibaret.

Averof'la yapılan ve hiçbir sonuç vermeyen gizli görüşmeye bu şekilde temas ettikten sonra, Londra'da çalışmaları sürdürülen Radcliffe Özerklik Anayasası girişimlerine geri dönelim.

Lord Radcliffe, bu çalışmaları yürütebilmek için, Lefkoşa'da, Rum ve Türk toplum liderleriyle temas etmişti. Rumlardan olumlu tepki almamıştı. Türkler de kuşkuluydu. Bu ilk değerlendirme iki toplum açısından olduğu gibi, ilgili iki devlet; yani Türkiye ve Yunanistan için de geçerliydi. Gerçek şudur ki, Kıbrıs'taki halklar olsun, onların arkalarındaki iki devlet olsun, herkesin aradığı, tünelin sonundaki ışıktı. Cemaatlar olsun, destekleyici devletler olsun, İngiltere, taraflara, asıl hedefleri açısından bir güvence vermedikçe, en azından, ümitlerini kuvvetle ayakta tutacak bir beyanda bulunmadıkça, Radcliffe'in önerilerinin başarılı sonuca ulaşamayacağı açıktı. Radcliffe Özerklik Anayasasının içeriğine değinelim: Lord Radcliffe, her şeyden önce, söz konusu anayasa geçerli olduğu sürece, Kıbrıs'ın, İngiltere'nin hükümranlığı altında kalacağını açıklamıştır. Bir vali, (Guvernör) Kraliçeyi temsilen görevini yürütecek ve yardımcısını kendisini tayin edecektir. Bir yasama meclisi olacaktır. Meclis üye sayısı 24 Rum, 6 Türk, 6 da tayinle olmak üzere 36 olacaktır. Rumların meclisteki ezici çoğunluklarını dengelemek için, eşit sayıda üyeden oluşacak ikinci bir meclis öngörülmemiştir. Hükümette, Türklere yalnız bir bakanlık verilmiştir. Bu bakanın yetkisi de sadece Türk işlerine bakmak olacaktır. Dış ilişkiler, Milli Savunma ve İç Güvenlik konuları valinin yetki sahasında kalıyordu. Bütün kararnameleri de vali onaylayıp yayınlayacaktı. Kıbrıs'taki Rumlar dışındaki cemaatlerin çıkarlarını korumak bakımından garantiler getiriliyordu. Bir yüksek mahkeme ve ayrıca bir garantiler mahkemesi öngörülmüştü. Bazı konularda, yasama meclisi kararlarında, Türk milletvekillerinin üçte iki çoğunluğu aranıyordu. Ama, ne olursa olsun, vali, bütün yetkilere sahip olacaktı. Ayrıca verilenleri geri alma imkânını da elinde tutacaktı. Başka bir deyişle, âdeta, eski krallarınkine yakın yetkilere sahip olacaktı. Bu metinde, ileri bir tarihte gerçekleşebilecek self determinasyona işaret eden herhangi bir hüküm de yoktu. Bu nedenlerle Yunanistan Hükümeti ve Kıbrıslı Rumlar, Radcliffe'in önerilerini reddetmişlerdi. Türkiye'ye gelince, bu önerilerden pek hoşlanmamakla birlikte, asıl izlediği hedefe açık bir kapı tutmak üzere, İngiltere'den, ileriye ait bir güvence elde etmeyi öngörmüştü. Adada self determinasyona gidilmesi halinde, bunun sonucunun Yunanistan'a ilhak şeklinde tecelli edeceği bilinmekteydi. 1955 yılında tarafımızdan önerildiği gibi, İngiltere'nin Kıbrıs'tan ayrılması halinde, hükümranlığın Türkiye'ye geri verilmesinin gerçekleştirilmesi konusunda büyük zorluklarla karşılaşılacağı belli olmuştu. Şu halde, daha gerçekçi davranarak, Türkiye'nin gerek kendi güvenliğinin, gerek Kıbrıs'taki soydaşlarının huzurunun ve yaşamlarının garanti altına alınmasını sağlayacak bir orta yol bulunabilirdi. Bu da o tarihlerde zihinlerde canlanmaya başlamış, hatta, yerli ve yabancı basın organlarında bile değinilmiş, "taksim" fikri olabilirdi. Şu halde, Türkiye Hükümetinin amacı, İngiltere'den "taksim"e kapıyı açık tutan bir güvence elde etmek, bir yandan da Radcliffe önerilerinin görüşme konusu yapılabileceği gibi, ne onay ne de red anlamına gelen bir açıklamada bulunmak ve bu yolla İngiltere ile, ilerde meyvaları alınabilecek bir işbirliğinin kapılarını kapatmamaktı. Her şeye rağmen, Radcliffe Anayasasının gerçekleşmesi için çalışmalarını yürütme kararı almış olan İngiltere Hükümeti, bu konuda, Türkiye ve Yunanistan'la ayrı ayrı temasa geçmeyi öngörmüştü. Sömürgeler Bakanı, Lenox Boyd, Atina'da görüşmeler yapmış, ancak yukarda da değinilen sebeplerden ötürü olumlu bir sonuç alamamıştı. Sömürgeler Bakanı Türkiye temasını gerçekleştirmek üzere İstanbul'a da geldi ve 16 Aralık 1956 tarihinde, Başbakan Adnan Menderes tarafından kabul edildi.

Lenox Boyd'un Başbakan Menderes'le görüşmesini geniş bir şekilde nakletmeye çalışacağım. Çünkü 1954 yılından başlayarak süregelen Kıbrıs konusuna ait gelişmelerde, Londra Konferansı, Türkiye açısından ilk önemli dayanağı oluşturduğu gibi, taksim formülü altında da olsa, Türkiye'nin ve Kıbrıslı soydaşlarımızın haklarının korunması ve güvencelerinin sağlanması açısından çok önemli bir aşamayı da Lenox Boyd'la yapılan görüşme sonunda sağlanan mutabakat teşkil ediyordu. Londra Konferansı, Lozan'da küllendiği sanılan Türkiye'nin Kıbrıs işinde bir taraf olduğunu tescil etmiştir. 1956 yılının sonlarında Başbakan Adnan Menderes'le İngiltere Sömürgeler Bakanı arasında gerçekleşen mutabakat ise devamlı çabalar sonunda Kıbrıs işinde gerçekleştirilen ikinci ve son derece önemli bir dayanağı teşkil eder. Lenox Boyd, yaptığı konuşmada, Kıbrıs'taki Türk toplumu hakkında çok olumlu bir ifade kullanmıştır.

Onlara asla ihanet etmeyeceğini vurgulamıştır. Kıbrıs Adasının coğrafi açıdan olsun, asırlardan beri Kıbrıs'ta yaşamlarını sürdüren Türkler bakımından olsun, Türkiye için büyük önemi olduğunu takdir ettiklerini kaydetmiş ve iki hükümet arasında bir uyum sağlanabileceğini umduğunu söylemiştir. Sömürgeler Bakanı, Özerklik Anayasası konusuna girmeden, Başbakana güvence vermek için, düşüncelerini biraz daha açmış, İngiltere'nin Türkiye'yi Kıbrıs'ta bir düşman cephesi ile karşı karşıya bırakmak istemediğini ve İngiltere'nin böyle bir davranışa girmesinin asla düşünülemeyeceğini söylemiştir. Amaçlarının İngiltere, Türkiye ve Yunanistan arasında ilişkilere olumlu bir nitelik kazandırmak olduğunu ve bu uğurda her türlü gayreti sarfedeceklerini ama, Rumların süregelen baskı ve tehditlerine karşı koymaktan geri kalmayacaklarını vurgulamıştır.

Sömürgeler Bakanı bunu takiben, Radcliffe'in hazırladığı Özerklik Anayasasının kısaca değinmiş olduğumuz unsurlarını açıklamıştır. Bizim öteden beri üzerinde durduğumuz bir konu olan Adadaki tehdit ve terörizmi ele almış ve bu durumun sürüp gitmesi halinde, anayasayı uygulamaya koymayacakları hususunda teminat vermiştir. Lenox Boyd'un, Radcliffe önerilerine getirdiği yeni bir açıklık, yasama meclisi konusunda olmuştur. Daha evvelce değinmiş olduğumuz gibi, 36 kişilik mecliste Rumların 24, Türklerin de 6 üyeliği olacaktı. Ancak, valiye, ilave 6 üye atama yetkisi veriliyordu. Vali bu 6 üyeyi Türkler arasından seçecekti. Başka bir deyişle 24 Rum üyeye karşı 12 Türk üye mecliste yer alacaktı. Üçte ikiye karşı üçte bir şekilde bir oran ortaya çıkıyordu. Nüfus açısından bakıldığında bu oranın Türklere düşen hissenin üstünde olduğu anlaşılıyordu. Ayrıca, Türk milletvekillerinin üçte ikisinin olumlu oyu sağlanmadan, kanunların geçerliliği olamayacaktı. Kurulacak

Yüksek Mahkeme ve Teminat Mahkemesi için Türk ve Yunanlı unsurlar arasında eşitlik öneriliyordu. Bu mahkemelerin başkanları ise İngiliz olacaktı. Bu önerilerin ardından, Lenox Boyd self determinasyon konusuna değinmişti. Öncelikle anayasanın uygulanmasının sonuçlarına bakılacak ve tatmin edici bir nitelikte ise, İngiltere Hükümeti, self determinasyon hakkının kullanılması işini, uluslararası şartların ve askeri gereksinmelerin de uygun olması halinde, yeniden gözden geçirip ele almaya karar verebilecekti. Lenox Boyd şu noktayı da vurguluyordu: "Prensibimiz Adadaki Türklerin yararlanacakları hakların Rumlarınki ile eşit olmasının sağlanmasıdır. Self determinasyon uygulaması sonunda Adanın Yunanistan'a ilhak edilmesi düşünülemez. (Enosis'i kastediyor) Bu kapı kapalı olacaktır." Bakan arkadan ilave ediyor: "İki gün sonra yapacağım açıklamada, Türk Hükümetinin tasarımızı (Radcliffe Tasarısı) ciddi bir şekilde incelediğini kaydetmek isterim. Benim yapacağım açıklamanın arkasından, söylediğim nitelikte bir bildiri yayınlarsanız, size çok müteşekkir oluruz."

Menderes verdiği karşılıkta "Zihnimizi kurcalayan hususun, ilerdeki bir tarihte şartların uygun olacağı bir zamanda, self determinasyona gitme kararı alınırsa acaba Türkler bu haktan ne ölçüde yararlanacaklar, sorusu olduğunu" tasrih etti. Üzerinde önemle durduğu nokta Yunanlılara eşitlik sağlanıp sağlanamayacağı idi. Lenox Boyd, bu konuyu da açıklaması içine almayı tasarlamış olduğunu ama Türkler daha somut bir ifade istedikleri için, öneriyi hemen Bakanlar Kuruluna götürebileceğini belirtmişti. Buna karşılık Menderes: "Bence, bu işe iki açıdan yaklaşmak gerekli. Birincisi Radcliffe'in hazırladığı anayasaya ilişkin taslaktır. Açıkça söylemeliyiz ki, bu taslağı etraflıca incelemeye imkânımız olmamıştır. Ancak şimdi geniş açıklamalarda bulundunuz. Öyle umarım ki çok ciddi bir karşıt beyanda bulunmayız. Yani, tarafımızdan ne red ne de kabul gelebilir. Bu ise hükümetimizin tutumunu kuvvetlendirir. Size de yardımcı olur sanırım. Biz dünya kamuoyuna barışseverliğimizin bir delilini ortaya koymayı her zaman arzularız. Böyle bir açıklama, dünya kamuoyu önünde hem sizin hem bizim durumumuzu güçlendirir. Ama, yeniden belirtmek istediğim nokta, ilerde, belirli şartlar oluştuğunda, self determinasyonun bizim önerdiğimiz nitelikte bir hüviyet taşıması ve İngiltere'nin bu yoldaki bir kararı uygulamaya koyacağını açıklamasıdır. Bu konuda İngiltere'nin kesin bir beyanat yapması gereklidir. Zaten, self determinasyonu, ilke olarak uygun gördüğünüzü açıkladınız. Şimdi bunun daha adaletli bir tarzda uygulanacağını belirtmek, size ilave moral güç sağlayabilir. Bir yandan her topluma arzuladığı yaşam tarzını vermek kabul edilirken öbür yandan Kıbrıslı Türkleri istemedikleri idare içinde yaşamaya kimse zorlayamaz. Bir an için duralım ve İngiltere'nin self determinasyonu olumlu karşıladığını belirtmekten öteye gitmediğini farzedelim. O zaman, bizim kamuoyumuz, özerkliğin, Enosis'e giden yolda bir adımdan ibaret olduğunu düşünecektir. Bu konuya, bizi tatmin edecek kesinlikte bir açıklık getirmelisiniz," diyordu.

Lenox Boyd, Özerklik Anayasasının bünyesine bir ilave yapmanın, bir değişiklik getirmenin çok güç olduğuna işaret etmiş, ancak İngiltere'nin Türk tarafının ileri sürdüğü yönde harekette bulunabileceğine ilişkin bir ek paragrafın yapılacak açıklamaya eklenebileceğini söylemiş ve bu durumu kendi Bakanlar Kurulunun onayına sunacağını kaydetmişti.

Açıkçası self determinasyon sonunda, ne tarzda bir

manzaranın ortaya çıkacağının ve Türkiye'yi nasıl tatmin edeceğinin şimdiden belli olması gerekiyordu. Bu düşünce içinde, Menderes, son bir noktaya daha temas ettiğine işaret ederek şöyle diyordu: "Bir self determinasyon nasıl olsa gerçekleşecek. Bunu selfgovernment'a gitmeden hemen uygulamaya koyamaz mıyız? Zaten biliyoruz, Yunanlılar, özerkliğe karşı tutum alacaklar ve belirli bir tarihte, self determinasyona geçileceğinin açıklanmasını isteyecekler. O halde, araya bir merhale koyacak yerde, hemen şimdiden, self determinasyon uygulamasına karar verilemez mi? Yarın yapacağınız açıklamaya gelince, belirttiğiniz son formül uygundur. Ama bu sorunu kökünden halletmeyi düşünmeliyiz. Biz Kıbrıs'ın Yunanlıların eline geçmesini kabul edemeyiz. Asla buna rıza gösteremeyiz. Bu bir gerçek. Şimdi belirttiğim nitelikte bir self determinasyon kararı alırsanız, Yunanlıları da açık tutum almaya mecbur etmiş olursunuz."

Lenox Boyd, Vali Harding'le bu konuyu etraflıca görüştüğünü, onun "taksim"in her açıdan zorluk çıkaracağını düşündüğünü anlatıyor ve Yunanlıların taksim formülüne yanaşacaklarına ait ortada bir delil yok. Böyle bir varsayım yürütülse dahi, bizim de hiçbir hazırlığımız yok. Bu durumda vaziyetimiz herhalde çok güçleşir, diyordu. Menderes, asıl meselenin Türkiye ile İngiltere arasında bir mutabakat tesisinden geçtiğini, bir kere bu sağlanırsa uygulamayı belirli bir süre için geciktirmenin mümkün olabileceğini belirtiyor "Bugünkü şartların hemen uygulamaya geçmeye izin vermediğini ifade edebilirsiniz" şeklinde bir tavzihte bulunuyordu.

Lenox Boyd, Menderes'in neyi kastettiğini anladığını işaret ediyor ve Kıbrıs'ta, self determinasyon dahil, her şeyin ilk şartının terörizmin sona erdirilmesi olduğunu tekrarlıyordu. Menderes, "Aramızda uyum sağlamak güç olmayacak. Başlangıçta, önerdiğiniz anayasayı reddetmek eğilimindeydim... Ama şimdi, bence, yeni bir imkân doğuyor. Bu anayasa size mahalli özerklik yürütülemeyecekse, self determinasyonu hemen ele alırız, demek fırsatını vermektedir," dedi.

Lenox Boyd, konuyu iki gün sonra yapmayı tasarladığı açıklamaya intikal ettirdi. Bu açıklamanın self determinasyonu ilgilendiren maddesi, uluslararası ve stratejik durum izin verdiği takdirde, İngiltere Hükümetinin bu konuyu ele alacağı yolundadır. Self determinasyonun, herhangi bir şeklinin, uygulamada, Türk cemaatinin Rum cemaatinden eksik olmayarak kendi geleceklerini tayin etme özgürlüğüne sahip olacaklarını kaydediyordu. İngiltere Hükümeti bu şartlar altında, başka çözüm yolu kalmazsa, taksimi dışlamayacağını belirtiyordu. Menderes, hemen itiraz ediyor, "Self determinasyon niteliğini açıklamalısınız. Sizin düşündüğünüz self determinasyon Türklere 'taksim'i talep etme hakkını teslim ettiğinizi de kesin bir dille ortaya koymalıdır," diyordu.

Lenox Boyd, Menderes'in itirazını gözönünde bulundurarak okuduğu metinde şöyle bir değişiklik yaptı: "Kıbrıs Adasının uluslararası statüsünde, self determinasyon yoluyla bir değişiklik yapılmasına gidilirse, Kıbrıslı Türkler 'taksim'i çözüm şekli olarak benimseme obsiyonuna sahip olacaklardır." Bakan, bu son formülü Bakanlar Kuruluna hemen götüreceğini söyledi. Menderes de bu formülün kendi açısından geçerli olduğuna işaret etti; Cumhurbaşkanı ve Bakanlar Kurulu ile hemen bir toplantı yapılacağını ve cevabın kendisine süratle iletileceğini kaydetti. Aralarında şöyle bir son senaryo çiziliyordu: Lenox Boyd, Menderes ile mutabık kaldığı şekli süratle kendi Bakanlar Kurulunun onayına sunacaktır. Bu formülün tasdiki için ne mümkünse yapacağını temin ediyordu. "Sizin de, yapacağınız toplantıdan sonra, otelime yeni bir mesaj yok diye bir haber göndermenizi dilerim. Böylece açık bir şekilde anlaşma gerçekleşmiş olur," diyordu.

Lenox Boyd, Menderes ile görüşmesini bütün boyutlarıyla Kabine arkadaşlarına ileteceğini ancak, taksim konusunda hükümet üyelerinde bir çekimserlik mevcut olduğunu da kaydediyordu. Bu görüşmeden sonra kısa bir bildiri yayınlandı. Açıklamada, Başbakan Adnan Menderes'in İngiltere Sömürgeler Bakanı ile İstanbul'da iki saatlik bir görüşme yaptığı, dostane bir hava içinde geçen bu konuşmalar sırasında Kıbrıs sorununun da ele alındığı ve ayrıca Radcliffe Planı hakkında fikir alışverişinde bulunulduğu belirtildi.

Lenox Boyd, beklenilen beyanatını, Avam Kamarasında, 19 Aralık tarihinde yaptı. Bu açıklamada; İstanbul'da mutabık kalınan self determinasyona ilişkin bölüm şu şekilde yer almıştı: "Uluslararası ve stratejik durum müsaade ettiğinde özerk idarenin de tatminkâr şekilde işlemesi şartiyle, self determinasyonu uygulama meselesi tekrar tetkike hazır olacaktır. Bu gözden geçirme zamanı geldiğinde, yani, şartlar tahakkuk ettiğinde, self determinasyon ilkesinin uygulanmasının, Kıbrıs'ın özel durumu içinde Türk cemaatine, Kıbrıs Rum cemaatinden daha az olmayacak şekilde, kendi müstakbel statüsünü tayin serbestisini verecek tarzda, icrasını temin, Majesteleri Hükümetinin gayesi olacaktır. Başka bir deyişle, Majesteleri Hükümeti, böyle muhtelit bir halka, self determinasyonun uygulanmasının muhtemel hal şekilleri arasında 'taksim'e de yer vereceğini teslim etmektedir. Majesteleri Hükümeti, meselenin uluslararası cepheleri konusunda Yunan ve Türk Hükümeti ile sıkı teması koruyacaktır. Uzun Kıbrıs tarihinin yeni ve mutlu bir dönümünün arifesinde bulunduğumuzu ümid ediyorum. Majesteleri Hükümeti böyle bir neticeyi elde etmeye yarayacak her şeyi yapmaya kararlıdır."

İngiltere Sömürgeler Bakanının 19 Aralık 1956 tarihli beyanatından bir gün sonra, 20 Aralık 1956 tarihinde Başbakan Menderes de aşağıda özetini verdiğimiz açıklamayı yapıyordu:

"Tanzim edilecek anayasanın ancak Kıbrıs'ta tedhişçiliğin tamamen nihayete ermesinden sonra uygulanabileceği bildirilmiştir. Anayasanın tatminkâr uygulanması ve ileride uluslararası şartlarla askeri icabatın müsait olması takdirinde, Kıbrıs Adasının mukadderatı Ada halkının reyine müracaat edilmek suretiyle uygulanacaktır.

Radcliffe Raporu üzerinde yaptığımız iptidai mahiyetteki inceleme ve İngiltere Hükümeti tarafından verilmiş olan izahat bu raporun makul bir müzakere mevzuu edebileceği kanaatini bize vermiştir. Ayrıntılı tetkikimizi bitirince, İngiltere Hükümetine yapacağımız bazı telkinler olabilir. Kıbrıs'ın mukadderatının ileride Kıbrıs halkınca tayinini içeren self determinasyon konusuna gelince, Sömürgeler Bakanı Bay Boyd'un Avam Kamarasında bu konuda söylemiş oldukları dikkate şayandır. Bakan, Kıbrıs halkının mütecanis olmaması keyfiyetini tebaruz ettirdikten sonra Ada halkının reyine müracaat edildiği takdirde, Kıbrıs'taki Türk cemaatinin oradaki Rumca konuşanların teşkil ettiği cemaatten asla daha az olmayan şekilde kendi mukadderatını serbestçe kendisi tayin etmek imkânına malik olacağını söylemiş ve bunun Adanın taksimi hususunun muhtemel neticelerden biri olmasını gerektirdiğini tasrih etmiştir. Netice şudur ki, *Sömürgeler Bakanı Bay Boyd'un İngiltere Hükümeti adına yaptığı beyanat, heyet-i umumiyesi itibarı ile Kıbrıs meselesinin nihai şekilde temin edebilecek hareket noktaları ihtiva etmektedir. Bu esaslar çerçevesinde İngiltere Hükümeti ile Kıbrıs meselesine yönelik işleri görüşmeye devam edeceğiz."*

Lenox Boyd'un Avam Kamarasında yaptığı beyanat müzakerelere yol açmıştı. İşçi Partisinden James Callaghan, bu anayasada Türk halkına gerekli garantiler getiriliyorsa, bu aşamada tahrik edici taksim sorununun neden tencereye katıldığını sormuş, hükümetin evvelce açıkladığı tutumu korumasının daha iyi olacağına işaret etmişti. Hükümete göre bu anayasa başkalarıyla müzakere edilebilir miydi? Getirilen değişiklikler ilgili başka kişilerle ele alınabilir miydi? Makarios'un tutumu neydi? Ona bu belgelerin gösterilmesi bazı ilgili kişilerle görüşmesine imkân tanınması akıllıca bir iş olmaz mıydı? Callaghan'a göre Makarios'un tesiri büyüktü.

Lenox Boyd'un yanıtı şöyle olmuştu: "Anayasanın içinde Türk cemaati ve diğer cemaatler için dikkatli şekilde garantiler getirilmiştir. Bunları etraflı şekilde Türk Başbakanına 2-3 gün evvel izah ettim. Ama Türk ulusunun Adanın uzun vadeli geleceği hakkında self determinasyon ilkesinin uygulanmasından kaynaklanan tabii endişesini de teslim etmek gerekir. Türkiye'den sadece 40 mil ötedeki bir cemaatin Rum cemaatine tanınan haklardan aynı şekil ve derecede yararlanmasına izin vermek sadece mantıkidir."

Anayasa taslağına değişiklik getirilmesi konusuna gelince, Kıbrıs halkının herhangi bir telkininin nazara alınabileceğini; ancak Radcliffe önerilerinin dengeli bir bütün teşkil ettiğini ve bu dengeyi bozacak değişiklikleri kabul etmenin çok güç olacağına işaret etmişti.

Metinleri Radcliffe'in bir sekreterinin Başpiskopos'a gösterdiğini de açıklamıştı. Başka bir milletvekiline cevaben, Sömürgeler Bakanı, hükümetin Başpiskopos ile yeniden müzakere açmasının mümkün olmadığını, ancak, Makarios'un, Yunan Hükümeti ve Kıbrıs temsilcileri ile görüşmesine kolaylık göstereceğini söylemişti.

Arkasından, milletvekillerinden Bevan (İşçi Partisinden) şu konuşmayı yapmıştı: "Taksimden söz etmek mutlak gerekli miydi? Bu ilave, havayı yeniden zehirlemeyecek midir? Türkleri kazanalım derken bir kez daha Rumların desteğini kaybetmeyecek miyiz? Self determinasyon açısından eski tutumumuzu korumak daha iyi olmaz mıydı? Kıbrıs'ın etkili bir üs olması konusundaki tecrübelerimiz gözönünde tutularak, bu konu bir bütün olarak tekrardan ele alınamaz mı? Bu işi NATO müttefiklerimizle birlikte gözden geçiremez miyiz? Bugünkü siyasi güçlüklere maruz kalmaksızın NATO müttefiklerimizle birlikte bir üsse sahip olmak uygun olmaz mı?"

Bu görüşlere, Sömürgeler Bakanı Lenox Boyd, şu karşılığı vermişti: "Bizim Kıbrıs'taki durumumuz Ortadoğu'daki savunma yükümlülüklerimizi yerine getirme bakımından can alacak niteliktedir. Taksim konusuna gelince burada hiçbir yanlış anlama olmamalıdır. Evvel emirde bu anayasa yürürlüğe girecektir. Bu anayasal düzenin tatmin edici şekilde işlediği görüldükten sonra, uluslararası ve stratejik konum izin verirse self determinasyonun uygulanması ele alınacak. O zaman Kıbrıs'ta kamuoyu yoklaması yapılacak. Bu yoklama, hükümranlık konusunda değişiklik lehinde bir sonuç verirse, ikinci bir kamuoyu yoklaması ile Türk halkının görüşlerinin tespitine gidilecek. Onlar da geleceklerini tayin bakımından Adadaki herkesle eşit olacaklar."

İngiliz Parlamentosunda muhalefet lideri Gaitskell, "taksim" önerisinin Yunan ve Türk Hükümeti ile görüşülüp görüşülmediğini, konunun meclis tartışmaları sırasında sormuştu. Lenox Boyd, bu soruyu, o anda bir "taksim"e gidilmesini önermediğini, Kıbrıs'ta veya dünyanın başka yerlerinde "taksim"in en iyi çözüm olacağını telkin etmediklerini, ancak, uluslararası koşullar gerektirdiğinde bu durumun ortaya çıkabileceği yolunda cevaplandırmıştı. Lenox Boyd beyanatının esas noktalarını Türk ve Yunan Hükümetlerinin de dikkatine sunmuş olduğunu söylemişti. Milletvekili, Noel Bakel, Başpiskopos Makarios'la nerede temasa geçileceğini sorduğu zaman, Sömürgeler Bakanı, o sırada tutuklu bulunduğu Seyshell Adasında, diye yanıt vermişti. Lenox Boyd, Callaghan'a cevaben de, ilgililerin Makarios'u ziyaret etmelerinin semeresiz olacağını ve bir zaman kaybından başka bir sonuç vermeyeceğini söylemişti. Sonuç olarak, Radcliffe'in önerilerinin Başpiskopos'a bilgi olarak ulaştırılacağını, ancak onunla, tekrar, müzakereye oturulmasının söz konusu olamayacağını belirtmişti.

İngiltere Sömürgeler Bakanı, L. Boyd'un taksimi de içeren önerisini Başbakan Menderes'in olumlu karşılaması ve Radcliffe Özerklik Anayasası tekliflerinin ise, üzerinde tartışma yapılabilecek bir konu olarak tanımlanması suretiyle Türkiye'nin tutumu yeni bir açıklığa kavuşmuştu. Hatırdan çıkarılmaması gereken nokta, nihai çözüm konusunda, Türkiye'nin düşünce ve kaygılarını tatmin edebilecek bir yolun açılmış olması idi. Tek başına Radcliffe önerileri bizim açımızdan bir değer taşımıyordu. Ancak Boyd'un uzun vadeli çözüme doğru yolu açmış olması, Türkiye'ye, menfilikten kaçınan bir tutum takınma imkânı sağlamıştı. Yunanistan İngiltere'nin bütün önerilerini reddederken, Türkiye, İngiltere ile işbirliği imkânlarını saklı tutan bir davranış içersine girebilmişti.

Burada üstünde durulabilecek diğer bir nokta, Türkiye'nin "taksim" tezine yönelirken, Yunan Dışişleri Bakanı Averof ile Büyükelçi İksel arasında geçen görüş teatisine fazla itibar edilmemiş ve bu sebeple, o tarihlerde, o konu hakkında bir açıklamada da bulunulmamıştı. Ama, taksime de kapıyı açık tutan bir çözüme L.Boyd'un resmen değinmiş olması, bizim için bu konuda resmi tutum alma fırsatı yaratıyordu.

Başbakan Menderes, parlamentoda ileri sürülen bazı menfi yorumlara, özetle, şu şekilde yanıt vermişti:

"Kıbrıs meselesinde asıl önemli olan cihet Adanın nihai kaderinin ne olacağı meselesidir. Dikkat edecek olursanız biz özerk idareye değil, asıl Adanın nihai olarak tabi olacağı statüye, kadere önem veriyoruz. Biz evvela nihai vaziyet ne olacaktır, onu öğrenmek istiyoruz. Bunu öğrendikten sonra, özerklik konusu üzerinde tetkiklerimizi yapar, ondan sonra cevabımızı veririz, yolunda onlarla konuştuk. Adadaki 120 bin nüfusumuzu yabancı ellere teslim edemeyiz ve nihayet 25 milyonun güvenliğinin tehlikeye düşmemesi gereklidir. Bu sebeple Kıbrıs Adasında mutlaka karakolumuzun, ileri karakolumuzun mevcut bulunmasını zaruri görmekteyiz."

Bu son cümlenin altını dikkatle çizmek gerekir. Türkiye'nin o yıllardaki Kıbrıs'a ilişkin dış politikası hakkında yapılacak değerlendirmelerin sıhhatli sonuçlara varabilmesi için, Başbakanın bu beyanının hatırdan çıkarılmaması doğru olur.

Yukardaki gelişmeler 1956 yılına aittir. Onu izleyen yıllarda, Türkiye, bir yandan nihai çözüme giden yoldaki tutumunu ısrarla sürdürürken, bir ölçüde de Radcliffe önerileri üzerinde fikir geliştirme yoluna koyulmuştur. Bu çalışmaları yürütmekle eski Başbakan Yardımcısı Prof. Dr. Nihat Erim görevlendirilmişti. O zamanki Bakanlık hukuk müşaviri sıfatıyla, Doç.Dr. Suat Bilge de Erim'e yardımcı seçilmişti.

Radcliffe teklifleri üzerinde Prof. Erim başkanlığındaki heyetimiz incelemelerini yapmış, Özerklik Anayasası projesinin bizim açımızdan olumlu ve olumsuz yanlarını tespit etmiş, ancak gerçekçi bir çözüme ulaşabilmek için, Yunanistan'ın, her şeyden önce tedhiş hareketlerine son vermesini istemiş ve bu yapıldıktan sonra anayasa konusunun İngiltere, Türkiye ve Yunanistan arasında üçlü bir konferansta ele alınmasını önermişti. Yunanistan ise üçlü görüşmeleri kabul etmediği gibi, Kıbrıs'taki terör hareketlerini azaltacağı yerde, bilakis şiddetlendirmişti. Bu gelişmeler, 1957 yılının Şubat ayı başlarına rastlar. O tarihlerde Kıbrıs konusu Birleşmiş Milletlerde tekrar ele alınmıştı. Birleşmiş Milletlerin önüne iki öneri çıkmıştı. Birisinde Yunanistan, daha önce ileri sürmüş olduğu, self determinasyon talebini yeniliyordu. Bu taleple birlikte Ada halkına zulüm ve eziyet ettiği iddiası ile İngiltere'yi şikâyet ediyordu. Buna karşılık İngiltere de Kıbrıs'ta terörü açıkça desteklediği gerekçesiyle Yunanistan'ı Dünya Teşkilatına şikâyet ediyordu.

Birleşmiş Milletler konusunu bir an için bırakarak Türkiye'ye geri dönelim. Şubat ayı başlarında Menderes, İstanbul'daydı. Çanakkale Milletvekili ve eski Dışişleri Bakanı Fatin Rüştü Zorlu, yanında Dışişleri Genel Sekreteri Muharrem Nuri Birgi ve Prof. Nihat Erim olduğu halde New York'a hareket etmişti. Zorlu başkanlığındaki heyetin Birleşmiş Milletler müzakerelerinde Türkiye'yi temsil etmesi kararlaştırılmıştı. Ben, Genel Sekreter Vekili olarak, İstanbul'da Başbakan Menderes'in yanındaydım. (Esasen, gayri resmi olarak durumumda bir değişme de olmuştu. Şöyle ki, 1956 sonbaharında benim, Paris'te, NATO Başdelegeliğine tayinim kararlaştırılmıştı. Başbakanın onayı alınarak hazırlanan kararnameyi Menderes, yani Başbakan hariç bütün bakanlar imzalamıştı. Muharrem Nuri Birgi uzun yıllar süren Ankara'daki hizmetinden sonra Londra'ya büyükelçi tayin edilmişti. Ancak, kendisi, 4-5 ay sonra, yaklaşık 1957 yılının Mayıs ayında Ankara'dan ayrılabileceğini belirtmişti. Bu nedenle onun kararnamesi de beklemekteydi. Bu durumda, Dışişleri Bakanlığına yeni bir genel sekreter atanması gerekiyordu ama bu tayinin yapılabilmesi için her şeyden önce Başbakanın onayını almak gerekiyordu. Bunun için, Bakanlıkça, bazı büyükelçi arkadaşlar arasından adaylar tespit edildi ve Başbakana gerekli öneri yapıldı ise de, adayların, Menderes'le görüşmeleri sağlanamadı. Nihayet bir gün rahmetli Başbakan, bana aşağıdaki düşüncesini açıkladı. "Melih, —bana daima küçük adımla hitabederdi— seninle uzun yıllardır beraber çalışıyoruz. Sana itimadımız var ve anlaşıyoruz. Hariçte bir göreve gitme ihtiyacını takdir ediyorum ama şu sıkışık zamanda buradan ayrılmana da razı olamıyorum. Seçimleri erkene aldık. Ekim 1957'de yapılacak. 7-8 ay yanımdan ayrılma. 1957 sonbaharında, seçimlerden sonra nereye istersen gidersin" dedi. Tabii, kibarca yapılan bu teklife sadece muvafakat cevabı verebilirdim. Yukarda değindiğim gayri resmi statü değişikliği buydu. Bu görev 7-8 ay değil, üç yıl sürmüştür.)

Şubatın ilk haftası içinde, İstanbul'da, Park Otelde kalıyorduk. Başbakan, 6 Şubatta, Associated Press muhabirinin sorularını cevaplandırdı. Kıbrıs'a ilişkin soruya cevaben Yunanistan'ın Adada çetecilik faaliyetleri yürütmekte olduğunu belirtti. "Oradaki 120.000 Türk, Yunanistan'ın Adaya sahip çıkmasına karşıdır. Yunanlılar ne istiyorlar? 120

bin Türkü esarete mi mahkûm etmek? Türklerin kendi mukadderatlarını bizzat kendileri tayin etmeye hakları yok mudur? Yunanlılar self determinasyonu yalnız Adadaki Rumlar için istiyorlar. Yunanistan Kıbrıs'a silah ve adam göndererek Adada tedhişçiliği yaratmıştır. Bu uluslararası bir skandaldır. Kıbrıs sorununun hâlâ dostane bir şekilde halledilebileceğini ümid ediyoruz. Biz elimizden gelen her şeyi yaptık. Üst tarafı Yunanistan'a aittir," dedi.

Başbakan, Türk basını ile de bir toplantı yapmak istiyordu. 7 Şubat 1957 tarihinde, gazete sahipleri ile geniş bir toplantı tertip edildi. Bu basın toplantısında her çeşit konuya temas edilecekti. Başbakan, 7 Şubat sabahı beni yanına çağırdı. Yapacağı görüşmeler ve konuşmalardan önce istişare etmeye itina gösterirdi. Benimle istişare etmek istediği konu tabiatiyle Kıbrıs'tı. "Gazete sahiplerinden bu konuda behemehal soru gelecektir. Nasıl cevap vermemiz uygun olur, mütalaanı istiyorum," dedi. Benim açımdan çok zamandır kolladığım fırsat nihayet gelmişti. Kıbrıs'ta statükoyu korumak yolundaki tutumumuzu pek içime sindiremiyordum. Kanaatime göre, her yanda sömürgeler boşaltılırken İngiltere, Kıbrıs'ta statükoyu daha uzun zaman sürdüremezdi. Onun için statükonun nasıl olsa değişeceğini kabul ederek, kendimizi geleceğe hazırlamamız uygun olacaktı. Başbakana şöyle dedim: "İzin verirseniz artık bu statükonun devamı olasılığından biz söz etmeyelim. Kabul etmek lâzımdır ki köprülerin altından çok su geçmiştir. Artık bu konuda açık tutum almamız, nazarlarımızı geleceğe yöneltememiz gerekir," dedim.

Başbakan bir yanıt vermedi, ama olumlu karşıladığını hissettirdi. Basın toplantısında, beklendiği gibi, Kıbrıs sorunu Başbakanın önüne geldi. Menderes, şu şekilde görüş açıkladı: "Bu meselenin bizim için mühim olan iki esası vardır. Birisi 26 milyonun sahip olduğu Türk vatanının güvenliği, diğeri ise 120 bin soydaşımızın mukadderatıdır. Bir meselenin başlangıcı ile inkişaf safhaları arasında tam bir ayniyet aramak beyhudedir. Mesela başlangıçta statükonun korunmasını istiyorduk. Şimdi, bu hadiselerden evvelki statükonun devamına artık taraftar olamayız. O günden bugüne, köprülerin altından çok sular geçti. Birçok hadiseler oldu ki artık o günlere dönmeye ve statükonun korunması taraftarı olmaya imkân kalmadı." Başbakan Yunanistan'ı kastederek, sözlerine şöyle devam etti: "Bu ne biçim hükümettir ki Ada halkının bir kısmını, halkın diğer kısmını dehşete salsın ve öldürsün diye silahlandırıyor. EOKA'cılar silahlarını ne İngilizlerden ne de Türklerden alıyorlar. Bunu yapan elbette Yunan Hükümetidir. Ama bu beynelmilel siyasi skandal müttefiklerin ve dünyanın gözleri önünde cereyan etmektedir. Olaylar çok ileri gitmiş ve Kıbrıs meselesinde artık statükoyu korumak tezini savunmanın zamanı çoktan geçmiştir. Meselenin, bir an önce, yeni ve kat'i bir hal şekline bağlanmasına taraftarız."

Başbakan 18 Şubatta MBS'e Ankara'da bir mülakat verdi. Kendisine sorulan soru Kıbrıs meselesinin nasıl halledilebileceği şeklindeydi. Menderes hemen Yunanistan'ın Kıbrıs'taki tedhiş hareketlerinin arkasında olduğunu söyledi. Ve devamla, "Herkes biliyor ki tedhişçilerin ellerindeki silahları Yunan Hükümeti gönderiyor. Bu uluslararası hayatta ve özellikle NATO içinde gerçek bir skandal olarak kabul edilmelidir. Bu durumun devam etmesi halinde Türkiye ile Yunanistan arasındaki münasebetlerin iyileşmesi imkânsız olur. Halbuki Türkiye ile Yunanistan arasında gerçek dostluk ve sıkı işbirliği ilişkilerinin *kurulması Türkiye açısından büyük yarar getirmesine karşılık Yunanistan için bir zorunluluktur. Kıbrıs meselesi bir yandan Türkiye'nin güvenliği, diğer yandan da Kıbrıs'taki kardeşlerimizin haklarının korunması meselesidir."*

Menderes, self determinasyon ilkesinin her iki cemaatte de aynı şartlar altında uygulanması gereğini belirtmiştir. Bu şekildeki hareket yalnız Adanın durumunun tayini için değil, Yunanlılarla çok nazik bir safhaya girmiş olan ilişkilerimizin iyileştirilmesini sağlamak yönünden de yararlı olacağını kaydetmiştir.

Kıbrıs sorunu, Birleşmiş Milletlerde Şubat 1957'nin ortalarında görüşüldü. Ne Yunanistan'ın self determinasyon talebi ne de İngiltere'nin Kıbrıs'ta tedhişçiliği Yunanistan'ın yarattığına ilişkin şikâyeti müzakerelerde ele alındı. Sonuçta Birleşmiş Milletler: "Meselenin hallinin bir barış ve ifade serbestisi havasının mevcudiyetini gerektirdiği kanaatine vararak, Birleşmiş Milletler anayasası ilkelerine uygun bir tarzda barışçı, demokratik ve adil bir hal çaresi bulunacağı arzusunu ve bu amaçla tekrar görüşmelere başlanacağı ümidini izhar eder," şeklinde bir karar aldı. Bu kararın birinci bölümü, ismini koymamakla birlikte, her şeyden evvel, tedhiş olaylarının durdurulmasını öngörüyordu. İkinci bölümü ise konunun halli hususunda herhangi bir çözüm ortaya koymaksızın görüşmeler yolunu açıyordu.

Şubat 1957 başlarında, Kıbrıs konusunun, Birleşmiş Milletlerde müzakeresine değindik. O sıralarda, Birleşmiş Milletlerde Türkiye'yi temsil eden heyetin başkanı sıfatıyla New York'ta bulunan Çanakkale Milletvekili ve eski Dışişleri Bakanı Fatin Rüştü Zorlu, bir ara Washington'a giderek Amerika Birleşik Devletleri Dışişleri Bakanı Dulles'la ikametgâhında özel bir görüşme yapmıştı. Bilindiği gibi, Yunanistan bu sorunun Birleşmiş Milletlerde self determinasyon kararına bağlanmasının peşindeydi. Biz ise İngiltere ile birlikte Kıbrıs konusuna Birleşmiş Milletler dışında, ilgili devletlerce, Türkiye, Yunanistan ve İngiltere arasında çözüm aranmasını öngörüyorduk. Amerika Birleşik Devletleri usul bakımından meselenin Birleşmiş Milletler dışında çözümlenmesi yaklaşımını uygun görüyordu. Ama, Birleşmiş Milletler içinde olsun, dışında olsun, bu konunun esası hakkında ABD'nin tutumunu tespit etmekte büyük yarar vardı. Zorlu, bu sebeple, Dulles'la görüşmeyi lüzumlu bulmuştu. Amerika Birleşik Devletleri Dışişleri Bakanı bu özel görüşmede, işin esasına değinilince, görüşlerini şu şekilde açıkladı: "Amerika Birleşik Devletleri komünist saldırıyı önlemek için her tarafta yoğun gayret sarfetmektedir. Diğer ülkelerin Amerika'ya yardımcı olmaları beklenir. Bunlar aralarındaki ufak tefek sorunları çözümleyerek Amerika'ya, dünya barışını korumayı amaçlayan çabalarında yardımcı olmalıdırlar. Halbuki böyle davranmıyorlar. Dünyada bir komünist tehlikesi varsa, bu Birleşik Devletlerden fazla diğer ülkeler için önem arzeder. Şimdi Yunanistan'ın durumunu nazara alırsak Kıbrıs işinde uygun ölçüde tatmin edilemezse, Atina'daki hükümetin iktidarı kaybetmesi ve onun yerini komünistlerin de katkıda bulunacağı yeni bir hükümetin almasından kuşkulanılmaktadır." Yunan taraflısı, orta çapta bürokrasiden telkin olunduğu şüphe götürmeyen Dulles'ın ifadesini Zorlu hemen kesin bir biçimde cevaplamıştı. Sözleri şu mealdedir: *"Her şeyden evvel Türkiye, Yunanistan ve İngiltere'yi aynı teraziye vurmak doğru olmaz. Türkiye Yunanistan'la kıyaslanırsa bu meselede çok ileri hak iddia edebilir. Aslında Yunanistan Kıbrıs konusunda hiçbir hakka sahip değildir. Buna rağmen Türkiye, uzun*

71

bir süre, sorun çıkmasını önlemek için gayret sarfetmiştir. *Yunanistan Adadaki Rumları silahlandırıp, kendisinin görevlendirdiği komiteler yoluyla Rumları isyana yöneltirken Türkiye, oradaki soydaşlarını bu istikamete yöneltecek herhangi bir harekette bulunmamıştır. Açıkçası, Yunanistan, saldırgan durumdadır. Türkiye ve İngiltere ise meşru savunma durumundadırlar. Aradaki farkın dikkatten kaçırılmaması gerekir. Yunanistan'ın, Kıbrıs'ta başarıya ulaşmazsa komünizm etkisine girebileceğini ileri sürmesi, bu yolda dolaylı telkinlerde bulunması veya propaganda yapması sadece bir şantajdan ibarettir. Kıbrıs sorunu, orada, halkın içinde kaynaklanmamıştır. Bunu yaratan hükümettir, kilisedir. Biz bu meselede bir çözüm arıyoruz. Yunanistan ise çocukça şantajlarla dünyayı etkilemeye çalışıyor. Yapılacak iş, Yunan Hükümetini bu yolda devam ederek bir yere varamayacaklarına kanaat getirmelerini sağlamaktır. Olaya, Amerika'nın belirttiği komünist tehlikesi açısından yaklaşılırsa, Kıbrıs'ta başarısızlığın Yunanistan'ı komünizme yöneltmesini varid görmüyoruz. Eğer, Birleşik Devletler bunu böyle görüyorsa, yapay olarak ortaya çıkarılan böyle bir sorun yüzünden, komünizme yöneleceği farzedilen bir ülkeye Ortadoğu'nun güvenliği açısından önemli görülen bir üsse Yunanistan'ın el koymasını kolaylaştırmaya çalışmak tehlikeli olmaz mı?"* yolunda bir soru vaz'ediyor. *"Kıbrıs'ın iç durumuna dönersek, oradaki iki toplumun, her geçen gün biraz daha birbirlerinden ayrıldıklarını görürüz. Bu durumda, Kıbrıs'ta, statükonun devamını ileri sürmek artık mümkün değildir."* (Zorlu'nun, Başbakan Menderes'in, 7 Şubat 1957 tarihinde İstanbul'da gazete sahiplerine yaptığı beyanı gözönünde tuttuğu anlaşılıyor. Zaten oradan Başbakana gönderdiği

72

mesajda Başbakanın bu sözlerinin temas ve girişimlerine kuvvet kattığını belirtiyor.)

Zorlu devamla: *"Şu halde İngiltere Hükümetinin Aralık 1956 sonunda ileri sürdüğü ve Türk tarafının da olumlu karşıladığı beyanat gereğince 'Taksim'in bir an önce gerçekleştirilmesi yoluna gidilmelidir,"* diyor.

Amerika Dışişleri Bakanı, Yunanistan'ın komünizme yönelmesi ihtimaline ilişkin bilginin Yunan Hükümetinden kaynaklanmadığını, bakanlık servislerinin değerlendirmelerini aksettirdiğini kaydediyor. Kuşkularının buna dayandığını ve işte bu yüzden sorumluluk almaktan kaçındıklarını söyleyerek, Türkiye Hükümetinin alacağı kararlarda bu tehlikeyi hesaba katmasını öneriyor. Zorlu ve yanında bulunan Genel Sekreter Birgi, Dulles'a gerçekleri anlatmaya bir kez daha çalışıyorlar ve o günkü Yunan Hükümetinin, gelmiş geçmiş en kuvvetli Yunan Hükümeti olduğunu hatırlatıyorlar. Buna rağmen Dulles, bir yandan Türk Hükümetinin davranışı konusunda çok olumlu sözler sarfetmekle birlikte Yunanistan'ın iç durumu ve komünizm tehlikesi konusunda taşıdığı kuşkuların etkisinde kalmaya devam ettiği izlenimini yaratıyor. Amerika Dışişleri Bakanı ile görüşme karşılıklı değerlendirme ve düşünceleri kapsayarak bir süre daha devam ediyor. Zorlu, konuyu, işin esasına getirerek "Bugünkü durumda kimsenin genel mahiyetteki önerilerine itibar etmediğini, bu yüzden işin esası hakkında mütalaa yürütmekten kaçındığını söylediğine göre, konuya açıklık getirmesini" Dulles'dan istiyor ve tavsiye ve önerilerinin niteliği hakkında bugüne kadar herhangi bir bilgiye sahip olmadığımızı hatırlatıyor. Dulles yine işin esasına girmiyor. Daha ziyade, evvelce yaptığı gibi, prosedüre ilişkin sözler sarfediyor. Ona göre Birleşmiş Milletler müzakerelerinde işin esa-

73

sına girilmemeli, ilgili taraflar arasında müzakere yolu açılmalı, esasın halli de NATO'ya bırakılmalıdır.

Yukarıda değindiğimiz, Birleşmiş Milletlerin Şubat 1957 kararından sonra üstünde durulabilecek gelişme, Makarios'un İngiliz Hükümeti tarafından serbest bırakılmasıdır. İngiltere'de olsun Amerika'da olsun değişmeyen bir kanaat vardı: O da, Kıbrıs'ta Rumlar bir çözüm şekli etrafında birleşeceklerse, bunu ancak Makarios yapabilir. Onun için sabır gösterip, Makarios'un Kıbrıs içindeki nüfuzundan yararlanmak gerekir. Bu hesaba göre, Makarios tedhiş hareketlerinin durdurulması için açık bir beyanda bulunursa, Kıbrıs'a dönmemek kaydıyla serbest bırakılmalıdır. Bu arada EOKA da Makarios'un serbest bırakılması halinde tedhiş hareketlerini durduracağını İngiliz Hükümetine bildirmişti. Tabii bütün bunlar bir oyundan ibaretti. Makarios da, EOKA da, Yunanistan da, hepsi aynı şeydi. Makarios EOKA'yı kullanıyor, Yunanistan ise her ikisini de kullanarak bu oyunu sürdürüyordu. Neticede, Makarios, Birleşmiş Milletlerin Şubat 1957 kararını kendi açısından tek taraflı yorumlayarak, serbest bırakılmasını sağlamak için, tedhiş hareketlerinin durdurulmasına yönelik şartlı bir beyanat verdi. İngiltere Sömürgeler Bakanı, Makarios'un yorumuna katılmadığını belirtti ama Makarios'u serbest bırakmaya da karar verdi. İngiltere'nin amacı biliniyordu. Makarios sürgüne gönderilerek ağır bir muameleye tabi tutulmuştu. Bu tecrübenin etkisinde kalmış olan Makarios'la bu kez Radcliffe önerileri üzerinde görüşmeleri yürütmek olumlu sonuç verebilecekti. İngiltere Hükümeti, Makarios'la temas ve ilişkilerde olumlu somut bir netice alamamasına rağmen, onunla Özerklik Anayasası konusunda şansını denemek kararındaydı. Aynı zamanda, Makarios'u serbest bırakmakla tedhiş hareketlerinin sona ereceğini de umuyordu. Biz, Dı-

74

şişleri Bakanlığı olarak bu gelişmelere olumlu bakmadığımızı belirttik ve Başpiskopos'un tedhişçilik konusundaki kaçamaklı sözlerini de gerekli biçimde vurguladık. İngiltere'de de dayanaksız umutlarla Makarios'un serbest bırakılmasına karşı tepki gösterenler oldu. Mesela, Meclis-i Has Başkanı Lord Salisbury 30 Mart 1957 tarihinde kabineden istifa etti. Salisbury istifasında, şöyle bir ifade kullanıyordu: "Makarios'un fikrini değiştirdiğini gösteren hiçbir delil yoktur. Serbest kalınca, bir İngiliz vatandaşı olarak her yere gidebilecek ve teşebbüsü yeniden ele geçirecektir. Bu vaziyetle, İngiltere'nin Ortadoğu'da birinci derecede destekçisi olan Türkiye ile memleketinin arasındaki ilişkilere gittikçe artan derecede zarar verecek tavizler elde etmeye çalışacağını sanmaktayım. Bu sebeple, makûl saymadığım ve mevsimsiz telâkki ettiğim hükümetin serbest bırakma kararını Meclise tavsiye etmeyeceğim."

Beklenildiği gibi, Makarios serbest bırakıldıktan sonra, mugalâtalı sözler sarfetmeye koyulmuş, Lenox Boyd'un açtığı uzun vadeli çözüm yoluna karşı tavır almış, Türkiye'nin Kıbrıs'a karşı ilgisini inkâr etmiştir. Türkiye adına yapılan resmi yorumda ise: *"Makarios'a karşı takip edilen taviz politikasının tedhişçileri ve onları içerden ve dışardan besleyenleri daha şımartmak ve kışkırtmaktan başka bir netice vermeyecektir. Bir elinde Haç, diğerinde masum halkı katliam için tedarik edilmiş silah bulunan Makarios'un ne dini ne milli reis olmadığından, sadece bir tedhişçi ve sergerde olduğundan şüphe yoktur,"* denilmiştir.

1957'deki olumsuz bir diğer gelişme, New York Valisi, Averell Harriman'ın Makarios'u New York eyaletine davet etmesidir. Bu haber, kuşkusuz, gerek hükümet, gerek Türk kamuoyu üzerinde son derece olumsuz etki yaratmıştır.

Türkiye'nin bu tepkisi, hem Harriman'a hem de Birleşik Devletler Hükümetine açık bir dille iletilmiştir. Harriman, aslında, Türkiye'nin ve Türk milletinin dünya barışına katkısını iyi bilen dost bir kişiliğe sahipti. Harriman'a Türkiye'den gönderilen telgraf adedi kırk bini geçmişti ve bu geniş tepki sonuç vermişti. Harriman davet konusunda ısrarlı davranmamış ve Makarios'un ziyareti ortada kalmıştı. New York Valisi Harriman, bu daveti unuttuğu gibi mayıs ayında yaptığı basın toplantısında, Türklere karşı öteden beri beslediği olumlu hislerini bir kez daha açıklamıştır. Bu açıklamada, Harriman, şöyle diyordu: "Türklere karşı büyük bir hürmetim vardır. Komünizme karşı durmuşlardır. Gerek sözlerimle, gerek hareketlerimle Türklere duyduğum hayranlığı sık sık ortaya koymuşumdur. Bu bir günlük veya bir haftalık mesele değildir. Bu 1945 yılından beri variddir."

1957 yılı gerçekten, Türkiye'nin birkaç cephede Kıbrıs konusundaki tezini savunmak için sarfettiği sürekli çabalara sahne olmuştu. Başta Yunanistan'ın tutumu malûmdur. Adada hem tedhiş olaylarını organize etmekte, hem çetecilik faaliyetleri için gerekli silahları oraya gizlice sevketmekte, hem de Kıbrıs'ta self determinasyon uygulanması gibi insani amaçlar peşinde olduğunu iddia etmektedir. İngiltere ise, Lenox Boyd'un Başbakan Menderes'le yaptığı görüşme sonunda, somut bir formüle bağlanmış olan "taksim" çözümüne getirilen açıklığı gölgeleyici bir davranışa girmiştir. İngiltere, önceliği, Makarios'la yapabileceği özerklik müzakerelerine verme eğilimindeydi. Nitekim, 9 Nisan 1957 tarihinde, İngiltere Dışişleri Bakanlığı Müsteşarı David Ormsby'nin verdiği demeç, İngiltere'nin bizim açımızdan olumsuz olan bu yönelişini açığa vurur. Ormsby, demecinde, "Kıbrıs'ın iç idare şekli konusunda hiçbir yabancı devletle müzakereye girişmeyeceğiz," demiştir. Bu demeç, özerklik görüşmelerinde, İngiltere'nin Makarios'la başbaşa kalmak eğiliminde olduğunu, Türkiye ve Yunanistan'ın katkısını beklemediğini gösteriyordu. Bu durum karşısında hükümet, azimli ve kuvvetli bir tavır takınma yoluna gitti. Hükümet adına yapılan açıklamada şu noktalara değinildi: *"Türkiye bundan böyle Kıbrıs için tasarlanan özerklik projesini kabul etmeyecektir. Bu projenin samimiyetine inanmanın caiz olmadığını hadiseler göstermektedir. Kabul edilebilecek yegâne hâl çaresi, sorunun, NATO arabuluculuğuna havale edilmesidir. Bunun dışında tutulacak herhangi bir yolu, ele alınacak herhangi bir kararı Türkiye tanımayacaktır. İngiltere'nin, Türkiye'nin NATO arabuluculuğu teklifine rağmen, Makarios'la Kıbrıs Türkleri arasından kendi seçeceği herhangi bir kimse ile müzakereye oturarak bir karara varırsa, Türkiye buna karşı menfi bir tavır takınacak ve neticenin hiçbir surette Türkiye'yi ilzam etmeyeceğini dünyaya ilân edecektir."*

1957 Nisan ayı bu mücadele içinde geçmişti. Türkiye'nin İngiltere'nin yeni tutumu hakkında kuşku duyması, özerkliği bir yana bırakıp, nihai çözüm olarak, "taksim" üzerinde ısrar edilmesi yolunda bir davranış içerisine girilmesini tahrik etmişti. İngiltere Hükümeti, bir ölçüde, Türk Hükümetinin kuşkularını dağıtma yoluna gitmişti. İngiltere'nin Ankara Büyükelçisi yaptığı açıklamada, İngiliz Hükümetinin Kıbrıs meselesinin NATO Konseyinde ele alınmasını talep ettiğini ve bunda ısrarlı olduğunu, Kıbrıslı Rumların temsilcisi olan Makarios ile İngiltere'nin müzakerelere girmesinin şimdilik düşünülmediğini ve gerçekten İngiltere Hükümetince bugüne kadar böyle bir davet de yapılmadığını, Kıbrıs meselesinin çözümü için, Türkiye, İngiltere ve

Yunanistan arasında müzakereler yapılmasının gerekli olduğunu beyan etmişti.

Bu açıklamada görüldüğü gibi, nihai çözüm için üçlü görüşmeler yolu gösterilmekle birlikte Lenox Boyd'un beyanatında yer alan "taksim" çözümüne de temas edilmemiştir. Bu tarihte olsun, bundan sonraki yıllarda olsun, İngiltere, "taksim"i içeren Lenox Boyd beyanatının saklı olduğunu bize resmi görüşmelerde ifade ederken, açık beyanlarda konuya değinmemeyi tercih etmiştir. Bunda, Makarios'tan umudun kesilmemiş olması gibi, Avam Kamarasındaki muhalefetin de rolü olmuştur, denilebilir. Nitekim, 1958'de ortaya atılan MacMillan önerilerinde, İngiltere, başlangıçta bu yolda bir davranış göstermişti. Ancak, Türk Hükümetinin ısrarı üzerine, Lenox Boyd'un "taksim"i içeren beyanının saklı tutulduğu Londra Büyükelçimize ifade edilmişti.

Bunlar işin 1957'deki İngiltere safhası. Bir de Birleşik Devletler yönü vardı. Kanaatımca, İngiltere, Türkiye'nin "taksim" konusunda ısrarı karşısında, Birleşik Devletleri işin içine sokup hem Yunanistan ve Makarios'u ve hem de bizi idare etmenin yollarını aramıştır. Gerçekten, Amerika Birleşik Devletleri, 1957 Nisanında Kıbrıs konusunun esası hakkında tutum alarak, Türkiye üzerinde etkili olmaya çalışmıştır. Bu açıdan, Amerika Birleşik Devletleri Hükümetinin Türkiye Hükümeti ile Nisan 1957'deki temaslarına geniş bir şekilde değinmeyi lüzumlu görüyorum.

Amerika Birleşik Devletleri'nin işin esasına giren ilk beyanı 25 Mart 1957 tarihindedir. Birleşik Devletler Büyükelçisi Warren, bu tarihte, hükümeti adına, bir dizi düşünceyi bana açıklamıştı. O sırada Genel Sekreter yardımcısıydım. Birleşik Devletlerin 25 Martta ortaya koyduğu düşün--

celer şöylece özetlenebilir: Kıbrıs konusunda taraflar, geçmişteki kırgınlıkları unutarak müzakerelere girişmeli ve bunun için süratli hareket etmelidirler. Çünkü tehlikeli bir yola yönelmiş vaziyetin ıslah edilmesi için bu lüzumludur. Birleşmiş Milletler Kurulunun gelecek toplantısından evvel ilerleme sağlanmalıdır (1957 sonbaharını kastediyorlardı). Bu olmazsa NATO içerisindeki tesanüde zarar verilmiş olur. Olumlu bir yola girmek için İngiliz Hükümeti ile Kıbrıs halkı arasında özerklik müzakereleri yapılmalıdır. Ama aynı zamanda NATO'nun arabuluculuğundan yararlanarak ilgili hükümetler arasında müzakerelerin İngiltere ile Kıbrıslılar arasındaki özerklik müzakereleriyle aynı zamanda gerçekleşmemesi halinde Kıbrıs sorununun halledilmesi ihtimal dahilinde değildir. Kıbrıslı Rumların lideri sıfatıyla Başpiskopos Makarios, bu müzakerelere mutlak katılmalıdır. (Bizim o sıralarda Makarios'un muhatap olarak kabul edilmemesi yolundaki tutumumuzdan vazgeçmemizi telkin etmek istiyor.) Arkadan ilave ediyor: Kıbrıs meselesinin geçmişine bakıldığında, nihai çözüm hakkında mutabakata varılmadıkça bu çeşit özerklik müzakereleri başarılı olmayacaktır. (Makarios, İngiltere tarafından özerklik konusunda teklif getirildiğinde, her şeyden evvel, self determinasyonun hangi tarihte yapılacağı hakkında İngiltere'den teminat elde etmek istemişti. Bu teminat olmadıkça müzakereye katılmayacağını beyan etmişti. Amerika Birleşik Devletleri, herhalde, Kıbrıs sorununa nihai bir çözüm hakkında önceden hiç olmazsa bir prensip anlaşması sağlanması gerektiğini belirtirken Makarios'un bu tutumunu hesaba katıyor olmalıydı.)

Amerika Birleşik Devletleri Hükümeti, NATO Genel Sekreteri Lord Ismay'ın arabuluculuk teklifini Türkiye'nin olumlu karşılamış olmasından memnuniyet duymuştu. (Başbakan Menderes, son NATO toplantısında bu konuda

Eski NATO Genel Sekreteri Lord Ismay

uyumlu bir tutum almıştı.) Yunanistan'ın NATO'nun arabuluculuk teklifini henüz kabul etmemiş olmasına rağmen NATO bu konuyu incelemeye devam etmeliydi. Yine Birleşik Devletlerin düşüncesine göre, NATO içerisinde yapılacak incelemeler, Kıbrıs'ın geleceği konusunda, ilgili devletler arasında bir anlaşmaya yol açabilirdi. Bu durumda bir referandum gerekebilecekti. Referandumdan evvel ise, Kıbrıs'taki başlıca toplumların temsilcileri, plebisitin şartlarını kararlaştırmak üzere, eşit haklarla toplantılara katılabileceklerdi.

Amerika Birleşik Devletleri adına yapılan bu beyan sonunda, herhangi bir çözüm yolu için Amerika'nın bir tercih yapmadığı açıklıkla belirtilmişti. Amerika Birleşik Devletleri'nin bu açıklamasına, 4 Nisan 1957 tarihinde cevap verildi. Bu cevapta, özetle, NATO'nun arabuluculuk teklifine bizzat Başbakanın olumlu cevap verdiğini, ancak, Yunan Hükümetinin bunu kesinlikle reddettiğini belirttik. Yunan Hükümetinin takibettiği gayenin Enosis'e karşı koyan Türkiye'yi aradan çıkarabilmek için hükümetlerarası müzakereleri gündem dışı bırakmak ve bu suretle İngiltere Hükümetinin sadece Makarios'u muhatap almasını sağlamak olduğuna işaret ettik.

İngiltere Hükümetinin Kıbrıslılarla özerklik konusunu müzakere etmesini olumlu karşılayamayacağımızı, çünkü işlerin çok ileri gittiğini ve Adadaki iki toplum arasında ilişkilerin artık kopma derecesine geldiğini, onun için sorunun dahili ve uluslararası olmak üzere iki ayrı alanda ele alınmasına imkân kalmadığını ve esasen özerklik niteliğinde, geçici bir sistemin, bu meselelerin halline olanak sağlamayacağını ifade ettik.

İngiltere yetkili makamlarıyla sadece Kıbrıslılar arasında müzakereleri öngörmenin, Yunanlılara hükümetlerarası müzakereleri bertaraf etmek için fırsat hazırlamakla eşdeğerde olduğunu vurguladık. Son olarak da, plebisit konusuna değinerek, toplumların temsilcilerinin eşit şartlar altındaki plebisit şartları müzakeresine katılacakları yolundaki görüşü, bunun iki topluma da kendi kaderlerini bizzat kendilerinin tayin etme hakkını doğuracağı kanısı ile olumlu karşıladığımızı beyan ettik. Bu beyanı yaparken maksadımız, "taksim" tezine giden yolun açık tutulacağına verdiğimiz önemi ortaya koymaktı. Zira Amerikan önerisi, toplum temsilcilerinin eşit şartlarla plebisitin hükümlerini tespit müzakerelerine katılacaklarını söylerken, bizim daima üzerinde durduğumuz ana prensibi de kavrayan bir açıklık getirmemişti.

Ama bu konu burada kapanmadı. Amerika Birleşik Devletleri Hükümeti bu cevabı aldıktan yirmi gün sonra, büyükelçisi aracılığıyla doğrudan doğruya Başbakana yeni görüş bildirdi. Bu yeni görüşün yirmi gün evvelkinden esas farkı, birinci beyanda, Amerika Birleşik Devletleri'nin herhangi bir çözüm şekli hakkında bir tercih yapmadığını belirtmesine karşın, bu yeni beyanda, esas itibariyle Türkiye'nin "taksim" tezinin başarılı sonuç vermeyeceği iddiasına yer verilmiş olmasıydı. Birleşik Devletlerin 23 Nisan 1957 tarihinde ileri sürdüğü görüşler ve Türkiye'nin yanıtı şu şekilde oldu:

1. Evvelki beyanda plebisitin şartlarının müzakeresinde, Ada halkları temsilcilerinin eşit haklara sahip olacakları kaydedilmişken bu sefer bundan bahsedilmemiştir.

2. 25 Mart önerisinde, Yunanistan'ın katılmaması halinde bile NATO içinde çözüm araştırılmasına yönelik çalışmalara devam edilmesi belirtilirken, yeni beyanda, bu düşünceye yer verilmemiştir.

3. Ada halkının nihai çözüm hususunda açık bir kanaat elde etmedikçe özerklik konusunun müzakeresine yanaşmayacağı ileri sürülmektedir. Diğer yandan da, özerklik müzakeresiyle Adanın geleceğine ilişkin müzakerenin aynı zamanda yapılmasından söz edilmektedir. O zaman, her şeyden evvel, nihai çözüm müzakeresinin yapılıp sonuçlandırılması gerekmektedir.

4. Ada halkı, nihai çözüm hakkında karar alabilecekse, Adada yaşayan insanların özerkliği bir tarafa bırakıp, nihai çözüme geçilmesinin üzerinde durması halinde durum ne olacaktır? Amerikan Hükümetinin beyanatında bu noktada bir açıklık yoktur.

5. *Amerikan Hükümetinin bu yeni beyanında izlediği amaç, esas itibariyle "taksim" tezine karşı vaziyet almaktır.*

Kıbrıs'ta iki toplum halkının Adanın her yerinde birbirine karışmış olduğu için "taksim" halinde çok büyük zorluklar ortaya çıkacağı ileri sürülmekteydi. Bize göre, nüfusu, nihayet 500.000 kişiyi bulan bu Adada, insan ve mal mübadelesi yapılmak suretiyle, pekâlâ sorun halledilebilirdi. (Kıbrıs'ta 1974'ten sonraki durum halkların birbirlerinden ayrılmasının mümkün olduğunu göstermiştir.)

6. *Taksimin devamlı iktisadi sorunlar çıkaracağı ileri sürülmekteydi.* Bu konuda bazı müşküller çıkabilecekse de bunların sürekli olacağı iddia edilemezdi. İkinci Dünya Savaşından sonra, çeşitli yerlerde, özellikle Avrupa'da, geniş ölçüde ayrılıklar olmuş ama bunların etkisinin önemsiz hâle gelmesi sağlanmıştı. Bu gerçekler hatırda tutularak küçücük bir Adada meydana çıkabilecek ekonomik sorunların kolaylıkla çözüme kavuşturulabileceği açıktı. (Tekrar bugünkü fiili duruma bakarsak, oradaki Rum toplumunun, kişi başına milli gelirinin 1974 yılından beri birkaç kat artarak Yunanistan'ın kişi başına milli gelirinin üstüne çıkmış olduğu görülecektir. Rumların Avrupa'da ve başka pazarlarda sürekli kösteklemelerine rağmen, Türk toplumunun ekonomik durumu da herhalde kritik bir manzara arzetmemektedir. Bugünkü fiili durum, Amerika'nın 1957'de ortaya attığı iktisadi yaklaşımın sağlam dayanaklarının mevcut olmadığını göstermektedir. "Taksim", Amerikalıların iddiasının aksine daimi siyasi güçlüklere neden olmayacaktı. Aksine bu çözüm, Kıbrıs'ı iki memleket arası ilişkileri zehirleyen bir mesele olmaktan çıkarırdı.)

7. *Amerika Birleşik Devletleri sürekli siyasi güçlük-lerden söz etmekteydi. "Taksim" çözümü ise bilakis bunları önleyecekti. Gerçekten birbiri ile anlaşamayan ve geçinemeyen iki toplumun ayrı ayrı olarak yanyana yaşamaları tek gerçekçi yoldur. (Adadaki bugünkü fiili durum bunu göstermektedir. İki toplum pekâlâ yanyana ama ayrı ayrı yaşayabilmektedir ve 1974'ten beri kimsenin burnu bile kanamamıştır.)*

8. *Amerika Birleşik Devletleri'nin ileri sürdüğü düşünceler, konunun hep pratik yönlerini nazara almaktadır. Halbuki, asıl önemli olan, prensibin ortaya konulmasıdır. Amerika Birleşik Devletleri, dünyada adaletin ve insan haklarının savunucusu olduğu iddiasıyla hareket etmektedir. Sorunun, Kıbrıs'ta da her şeyden önce prensip ve idealizm yönünden ele alınması Birleşik Devletlerden beklenirdi. Reddedilemeyecek bir gerçek, Kıbrıs Adasındaki Rum Ortodoks toplumun Türklere tahakküm etmesi ve onları yok olma tehlikesi ile başbaşa bırakmasından ibaretti. Diğer yandan, geleceği yeni baştan tayin edilecek bir toprak üzerinde yaşayan toplumlardan her birinin kendi kaderlerini bizzat kendilerinin tayin etmesi hususunda eşit haklara sahip bulunması gereklidir ve bu Amerika'nın öteden beri üstünde durduğu ve bu uğurda mücadele yürüttüğü prensiplerin de gereğidir.*

Türkler Kıbrıs'ta asırlardan beri yaşıyorlar. Amerika Birleşik Devletleri'nin 23 Nisan tarihli beyanında, onlara, geleceklerini tayin bakımından, iki çözüm gösteriliyor: Ya İngiliz Commonwealth'i içinde kalacaklar ya da müstakil bir devlet içinde yaşamak alternatifini seçecekler. Böylesine dışarıdan empoze edilmiş bir seçeneği ka-

bule zorlamak, hak ve nasafete asla uygun düşemez.
Bunu iddia etmek, Türkleri self determinasyon hakkın-
dan yoksun kılmakla eşdeğerdedir. Başka deyişle, Ame-
rika Birleşik Devletleri önerisinde, Adanın geleceği,
prensiplere göre değil siyasi mülahazalara göre halledil-
mek istenmektedir.

Büyükelçi Warren'ın, 23 Nisan tarihinde, hükümeti adına yaptığı beyanat, Yunanlıların konuya yaklaşım tarzına benzer bir nitelik taşımaktadır. Bu beyana, Dışişleri Bakanlığınca verilen cevapta yukardaki noktalar işlendikten sonra, sonuç olarak aşağıdaki görüşler ortaya konulmuştur:

1. "TAKSİM", Türk Hükümetinin üzerinde durduğu bir çözümü içermektedir.

2. Büyükelçi Warren'ın 23 Nisanda yaptığı beyanat, doğrudan doğruya, Yunanistan'ı tatmin etmeyi hedef almıştır. Türkiye'nin ve Kıbrıs Türklerinin hakları ve meşru yararları gözardı edilmektedir. Amerika Birleşik Devletleri Büyükelçisi, Türk ve Yunan ilişkilerini düzeltmeyi, yeniden dostluk tesisini amaç edindiklerini söylemekteyse de, ileri sürdüğü telkinler aksine bizim açımızdan bu ilişkileri büsbütün çıkmaza sokacak niteliktedir. Türk Hükümeti, Yunan Hükümetinin aksine, "tedhişçiliğe sapmayı hiçbir zaman düşünmemiştir. Uluslararası yükümlülüklerini bozma yolunda, tehdit, baskı ve şantajlara yönelmemiş, hür dünyanın tesanüdüne zarar verecek her çeşit hareketten uzak kalmıştır.

Türk-Yunan ilişkilerinin halen son derece bozuk olduğu bir gerçektir. Bunun müsebbibi, ölçüsüz ve sorumsuz hareketleri nedeniyle Yunanistan Hükümetidir. Bu durumun düzeltilmesinin sağlanması yolu, Türkiye'nin Yunanistan'a taviz vermesinden geçmez.

Amerika Büyükelçisinin hükümeti adına son kez 23 Nisan 1957 tarihinde yaptığı beyana bu tarzda cevap vermiştik. Aynı tarihte Başbakan Menderes, Amerika Cumhurbaşkanı Eisenhower'e bir mesaj göndererek bu konuya özellikle değinmiştir. Bu mesajda, Yunanistan ortaya çıkardığı ve son dört yıl içinde üç müttefik devlet arasında çok ciddi ve vahim bir soruna dönüşen bu meselenin, o sıralarda, NATO Konseyinde ele alınacağını nazara alarak, görüşlerini açıklamış; NATO'nun dünya barışı için taşıdığı önemi takdir ettiğini ve hürriyet ve adalet cephesinde cesaretle mevki almış olan Türkiye'nin, kendi ulusal sorunlarında, müttefiklerinden aynı zihniyet içinde karşılık görmeyi beklediğini özellikle vurgulamıştır.

Türk Hükümetinin görüşüne göre "taksim" bu sorunu radikal bir çözüme kavuşturacak tek yoldur. Türkiye'nin bu konudaki görüşlerinin İngiltere'ye olduğu gibi ABD Hükümetine de 25 Nisan 1957 tarihinde bildirildiğine işaret etmiştir. Vaziyetin vahameti hakkında Başkanın görüşlerini paylaştığını, ancak Kıbrıs'taki Türk toplumunun ve Türk ulusunun çok ağır bir tecrübeden geçmekte olduğunun da unutulmaması lazım geldiğini ifade etmiştir. Kamuoyunu yatıştırmak için elden gelenin yapıldığını ve kendisinin de bildiği gibi, kamuoyunun haklı düşünce ve hislerine karşı konulmasının son derece güç olduğunu hatırlatmıştır. Şimdiye kadar müttefiklere güvenilmesini millete telkin ettiğini, fakat maalesef müttefiklerden aynı anlayışı göremediğini kaydetmiştir. Konseyde, Türkiye'nin meşru tutumunun takdir edileceğini ve Yunanistan'ın aşırı yayılmacı amaçlarının destek görmeyeceğini kuvvetle umduğunu ilave etmiştir. Menderes, son bir mütalaası olarak da bu sorunun NATO Konseyinde ele alınışı ve nihai bir karara gidilmesinin tehlikelerine de işaret etmiş ve sonucun hepimiz için yararlı olacağı ümidini ilave etmişti.

1957 yılının Mayıs ayına girildiğinde, İngiltere, Kıbrıs sorununun NATO Konseyinde ele alınması için girişimde bulunmuştu. Fakat bu toplantıdan da bir sonuç alınamamıştı. Yunanistan, Kıbrıs sorununun hükümran devletle Kıbrıs halkı arasında ikili görüşmeler yoluyla ele alınmasında ısrar etmişti. Tabii maksadı açıktı; doğrudan doğruya veya konferans yoluyla olsun Türkiye'nin işe karışmasını önlemeyi amaçlıyordu.

NATO Konseyinin başarılı olamaması Amerika Birleşik Devletleri ve İngiltere'nin NATO yolunu deneme girişimlerini de akamete uğratmış oluyordu. Bu tecrübeden de geçildikten sonra, Türkiye'nin, "taksim" çözümüne yönelik gayretlerini sürdürmekten başka takibedebileceği bir yol bulunmuyordu. Hükümet, dış ilişkilerde konuyu canlı tutarken içerde de politikasına verilecek desteğe güç kazandırılmasını amaçlıyordu.

Başbakan Menderes, Truman Doktrini ile başlayan Türk-Amerikan Dostluk ve İşbirliğinin onuncu yıldönümünün kutlanması için bir program hazırlanmasını uygun görmüştü. Bu programın ekonomi alanını ilgilendiren bölümünü hazırladık. Amerikalılar ABD yardımıyla on yıl içerisinde yapılan işlerin belirlenmesini amaçlayan bir faaliyet programı tertibini önerdi. Ben, bu öneriye verdiğim yanıtta, bu on yıl içinde, kalkınma sahasında Türkiye'nin neler yaptığının ortaya konulmasının ve yeri geldiğinde Amerika'nın katkısına da uygun biçimde temas edilmesini söyledim. Bu yaklaşımım, Başbakan tarafından da uygun görüldü. Yine hatırladığıma göre, bu konuya ilişkin olarak tertiplenecek sergileri Başbakanın ziyaret etmesi de telkin edildi. Başbakanın bu işe vakit ayırabileceğini pek sanmadığım yolunda bir karşılık verdim.

Başbakan bu ekonomik faaliyete ilaveten bir de Ankara'da resmi bir resepsiyon verilmesini istedi. Bu kararı bana ilettiği zaman, muhalefetin de bu resepsiyona davet edilmesi yolunda görüşümü sordu. Kendisine verdiğim karşılıkta, Batı dünyasındaki örnekleriyle de sabit olduğu üzere böyle bir davranışın son derece yerinde olacağını ve devletin dış politikasının desteklenmesi açısından dış dünyaya karşı çok güzel bir örnek teşkil edeceğini belirttim. Tabiatiyle, Başbakan Menderes'in önemle üzerinde durduğu husus, muhalefet lideri, İsmet İnönü'nün toplantıya davet edilmesiydi. İnönü daveti memnunlukla kabul etti.

Tarih 16 Mayıs 1957 idi. Kıbrıs davamızın yürütülmesinde, iktidar ve muhalefetin tek bir cephe manzarası arzetmesi Türkiye'nin dış politikası açısından son derece sevindirici bir gelişme sayılırdı. İnönü, çok olumlu bir yaklaşımla, zamanından bir süre önce geldi. Başbakanla görüş alışverişinde bulunmaya vakit ayırma maksadıyla hareket ettiği belliydi. Davetin yapıldığı yer Ankara Palas'tı. Başbakan Menderes, gerekli itina ve ihtimamla İnönü'yü karşıladı. Elini öptü. Ankara Palas'ın büyük salonunda, Yeşil Oda, diye tanımladığımız ayrı bir bölüm vardı. Atatürk zamanından beri, büyük davet ve balolarda, özellikle yabancı devlet erkânıyla, Türk hükümet ve devlet başkanının yapabileceği görüşmeler bu özel odada cereyan ederdi. Başbakan Menderes, İnönü ile birlikte, Yeşil Odaya yöneldi. Yanlarında sadece ben vardım. Hatırladığıma göre, Başbakan, aşağıdaki şekilde görüşmeye girişti:

"Paşam, dış politikamızın içinden geçtiği bu güç dönemde sizin tecrübenizden, irşadlarınızdan faydalanmak isterim. Onun için sizi bu zahmete soktuk. Bu bakımdan size teşekkürlerimi arzederim."

İnönü: "Sizler işin içindesiniz. Geçirmekte olduğunuz tecrübeden biz faydalanma durumundayız," dedi. İnönü'nün bu nazik karşılığı üzerine, Başbakan, "taksim" konusunu açtı. "Taksim" tezimizin kendileri tarafından desteklendiğinin münasip şekilde Amerika Büyükelçisine ifadesinin bize, çabalarımızda son derece kuvvet kazandıracağını söyledi. İnönü, buna verdiği yanıtta: "Biz Kıbrıs'ı, Lozan'da gözden çıkarmıştık. Şimdi ne elde ederseniz makbulüm olur," dedi. Biraz sonra Amerika Büyükelçisi Fletcher Warren geldi. Başbakan kısa bir girişten sonra, İnönü'den bu konudaki düşüncelerini açıklamasını rica etti. İnönü, Amerika Büyükelçisine Menderes'in arzuladığı biçimde, hükümet politikasını destekleyici bir beyanda bulundu. Fletcher Warren, bu gibi görüşmelerde, ufak cep defterine, kurşun kalemle not tutardı. İnönü'nün söylediklerini, memnunluk ifade eden bir görüntü içinde, not defterine geçirdi. "Washington, iktidarla muhalefetin, Türkiye'de işbirliği yaptığını görmekten son derece memnun olacaktır. Bu konuşmamızı derhal resmi makamlara ileteceğim" diyerek ayrıldı. Başbakan Menderes de bu gelişmeden memnun kalmıştı. Bu hava içerisinde resepsiyon salonlarına geri dönüldü.

Başbakan, Ankara Palas'taki bu görüşmenin ertesi günü beni makamına çağırarak İnönü'ye Kıbrıs dosyasına ilişkin açıklamalar yapmamı faydalı gördüğünü söyledi. Özellikle Amerika Birleşik Devletleri ile temaslara ve aramızdaki münakaşalara vukuf kesbetmesinin iyi olacağını belirtti. Hemen, İnönü'den randevu sağlandı. Yanından ayrılırken, Başbakan, izahat verdikten sonra İnönü'ye dosyayı bırakabileceğimi ilave etti.

Pembe Köşke gittim. İnönü, misafirlerine, kahve ile birlikte kavanozda muhafaza edilen lokum ikram ederdi.

Bu ikramı takiben, Kıbrıs dosyasındaki en gizli dokümanlara kadar her hususu geniş şekilde izah ettim. Metinlerin en önemli kısımlarını bir kere de kendisinin okumasını sağladım. İnönü'nün yanında yaklaşık 2-3 saat kadar kaldım. Bana çok nazikâne misafirperverlik gösterdi. Dosyam da beraberimde Pembe Köşkten ayrıldım.

Ertesi sabah, Menderes beni yanına çağırdı. Halinden bir şeye canı sıkıldığı belli oluyordu. "İnönü'ye her türlü izahatı vermek uygundu. Fakat dosyayı Köşkte bırakmak doğru değildi. Buna canım sıkıldı. Hatta gece uykum kaçtı," dedi. Ben de, Başbakana cevaben, üzüntü için sebep olmadığını, zira dosyayı Köşkte bırakmadığımı söyledim. Menderes buna çok sevindi. İltifatkâr sözler sarfetti. Dışişleri gelenekleri, her ne sebeple olursa olsun gizli vesikaların Bakanlık dışında herhangi bir yere bırakılmasına karşıydı (tabiatiyle Başbakan ve Dışişleri Bakanı hariç).

Muhalefet lideri İnönü ile yapılan temasları burada noktalıyorum.

Mayıs ayında yapılan ve sonuçsuz kalan NATO Konseyindeki Kıbrıs'a ilişkin görüşmelerden sonra, Makarios, İngiltere'yi ikili görüşmelere çekmeye çalıştı. İngiltere ise buna imkân bulunmadığını bildirdi.

Bunun mucip sebepleri şunlardı:

– Serbest bırakıldıktan sonra yaptığı beyanatlarda, Makarios, 1956 yılı sonlarında Lenox Boyd'un ortaya koyduğu özerklik önerilerini hep reddetmişti.

– Kıbrıs'ın geleceğine yönelik müzakerelere Kıbrıslı Türklerin katılması önerisini olumsuz karşılamıştı.

– Makarios bir an önce Kıbrıs'a dönmeyi amaçlamış, ama, tedhişçilikle ilişkisini kesmek hususunda hareketsiz kalmıştır.

Bu beyanı takiben, İngiltere Hükümeti, Kıbrıs'ın nihai akıbetinin ikili görüşmelerle tayin edilemeyeceğini bildirmiş ve bu işte söz sahibi olan başkalarının da bulunduğunu ve onların görüşlerinin behemahal tesbiti gerektiğini ilave etmiştir.

İngiltere, Makarios'a bu karşılığı verirken, 1956 Aralık ayında, Lenox Boyd'un yaptığı açıklamaya dikkatini çekmiştir. Ancak, beyanatın "taksim"i de içeren bölümüne açık bir referans yoktur. Biraz evvel de değindiğim gibi, bu konunun, İngiltere Hükümeti tarafından 1957 ve 1958'de açık beyanlarda işlenilmesi hep nüanslı olmuştur. İngiltere Hükümeti kendi açısından, müzakere kapılarını elden geldiğince açık tutmak düşüncesiyle bir yandan İngiltere'nin tutumunda bir değişiklik olmadığını teyid ederken, Yunanlılar ve Kıbrıslı Rumlarla görüşmelerde, 1956 Aralık ayındaki beyanın saklı olduğunu kaydetmekle yetinmeye çalışmıştır. Ve ancak mecbur kaldığı zamanlarda da "taksim"in self determinasyon formülleri arasında yeralabilecek son bir şekil olduğunu kaydetmiştir. Bunun bir örneği, 15 Temmuz 1957 tarihinde Avam Kamarasında cereyan eden müzakerelerdir. Oradaki tartışmalar sırasında, Sömürgeler Bakan Yardımcısı John Profumo, "taksim" en iyi çözüm olmayabilir ama bir çıkış yolu olarak mahfuz tutmak gerekir yolunda beyanda bulunmuştur. Aynı müzakerelerde, Sömürgeler Bakanı Lenox Boyd, şöyle bir ifade kullanmıştır:

"Taksim", hoş görülemeyecek bir yaklaşımdır. Ama şunu da unutmamak lâzım gelir ki bir gün self determinasyon tatbik mevkiine konursa, Rumların ve Türklerin aynı şekilde yararlanmaları zorunluğu vardır.

1957 yılı sonlarında Amerika Birleşik Devletleri'nin tekrar girişimleri oldu. MacMillan'ın anılarının çeşitli yerlerinde açıklandığı gibi, İngiltere Amerika'dan Türkiye'yi daha esnek bir tutuma yöneltmek için nüfuzunu kullanmasını istemişti. Aralık ayı ortalarında Birleşmiş Milletler Kıbrıs konusunu yeniden ele alacaktı. İngiltere'nin başlıca kaygısı, oradan, self determinasyon öngören bir tavsiye kararı çıkmasıydı. Birleşmiş Milletler Genel Kurulunda, Yunanistan'ın başarı kazanmaması için yeterli oyun sağlanması ve özellikle Latin Amerika desteğinden yararlanılması için Amerika Birleşik Devletleri'nin yardımı, önem kazanıyordu. İngiltere, sorumlu devlet olarak, Kıbrıs meselesinin içindeydi. Karşısında bulundukları güçlükleri takdir ediyor ve Türkiye'yi de bir ölçüde hesaba katmak zorunluluğu hissediyordu. Amerika Birleşik Devletleri ise hem çok uzaktaydı hem de Kıbrıs'a ait sorunların derinliğine girmek için bir gayret sarfetmek eğiliminde görünmüyordu. İngiltere'nin ve özellikle Türkiye'nin kararlı tutumu olmasa, kolaycı bir yaklaşımla, "Enosis"i nihai çözüm olarak mütalaa etmeye yanaşabilirdi. İngiltere Hükümeti bir yandan 1956 Aralık ayında Lenox Boyd'un beyanatında açıklanan şekliyle "taksim"i saklı tuttuğunu bize söylerken diğer yandan da Yunanistan'ı ve Amerika Birleşik Devletleri'nin bu işe yaklaşımını hesaba katarak, bizden, daha esnek davranmamızı ister olmuştu.

Amerika Birleşik Devletleri'nin 1957 yılı Aralık ayı sonlarında, Türkiye'ye Kıbrıs konusunda bildirdiği düşünceler şöylece özetlenebilir:

"Amerika Birleşik Devletleri, sessiz diplomasi yoluyla üç dostunun bir araya gelip soruna bir çare bulmalarına yardım etmek istemektedir. Amerika Birleşik Devletleri'ni harekete geçiren başlıca sebepler şunlardır:

a) Birleşmiş Milletler Genel Kurulunun Aralık ayı toplantısı.

b) İngiltere'nin Kıbrıs'taki iç güvenlik yükümlülüklerinin azaltılması isteği.

c) NATO'nun Kıbrıs konusuna ilgi göstermesi beklentisi.

d) Ve nihayet, Amerika Birleşik Devletleri'nin değerli dostları arasındaki ilişkilere dostluk hislerinin hâkim olmasını içtenlikle temenni etmesi."

Amerika Birleşik Devletleri Kıbrıs sorununa çözüm bulunmasına önem vermekteydi. NATO tesanüdünün büyük önemini hesaba katarak, başlıca ilgili taraflar, kısa ve uzun vadeli çözümleri aralarında ele almalıydılar. Birleşik Devletlere göre sorunun iki ya da çok taraflı çerçevede çok dikkatle incelenmesi gerekliydi. Amerika Birleşik Devletleri, Türkiye'nin, bu konuya ilgi duyanlarla görüş alışverişinde bulunmaya istekli olacağını umuyordu. Birleşik Devletler, NATO Genel Sekreteri Spaak'ın ikili ya da çok taraflı çerçevede görüş alışverişi yapılması yolundaki düşüncelerine katılıyordu. Bütün bunlarla birlikte, Amerika, herhangi bir öneriyi desteklemiyordu. Gerek "Enosis", gerek "taksim"in isabeti hususunda son derece kuşkuluydu. Bu nedenle "taksim" ve "Enosis"in esas unsurları dikkatle incelenip kıyaslamalar yapılmalıydı. Sonuç olarak, Amerika Birleşik Devletleri, "taksim"e yönelik mücadelesinde ve çeşitli önerilerin incelenmesinde, dost ve müttefikinin, müzakerelerde azami esneklik göstereceğini umuyordu."

Amerika Birleşik Devletleri'nin bu düşünceleri, esas itibariyle, 1957 yılı başlarında belirttiği düşüncelerden pek farklı değildi. Son zamanlarda NATO Konseyinin sahneye çıkmış olması sebebiyle bazı ilaveleri içeriyordu. Özetle, "Enosis" ve "taksim"in geçerli olmayacağını belirtip bunların dışındaki çözümlerin esneklikle ele alınmasını tavsiye ediyordu. O zaman geriye kalan seçenekler kendiliğinden

NATO Genel Sekreteri Henry Spaak

ortaya çıkıyordu. Bunlar da, ya MacMillan'ın o tarihlerde hazırlamakta olduğu ve esaslarını tabiatiyle Amerika Birleşik Devletleri'nin bilgisine sunduğu yeni yaklaşım olacaktı (ki, bu, 1958 Ağustosunda Ortaklık Anlaşması adını alacaktır.) veya İstiklâl formülü olabilirdi. Biz bu düşüncelere eskiden verdiğimiz cevapları tekrarladık ve "taksim"in tek çıkar yol olduğunda ısrar ettik.

Aralık ayı sonunda NATO Konseyi, Paris'te hükümet başkanlarının katılımlarıyla toplanacaktı. Başbakan Menderes'in orada Başkan Eisenhower ile yapacağı özel görüşmede Kıbrıs konusuna etraflı şekilde temas etmesi planlanmıştı. Buna göre gerekli hazırlıklar yapıldı.

Aralık 1957 ortalarında NATO Konseyi toplantısı için Paris'e gittik. Dışişleri Bakanı Zorlu ve Genel Sekreter sıfatıyla ben Başbakana refakat ediyorduk. Başbakan, akşam kaldığımız otelde, mutadı olduğu üzere, istişare için, beni yanına çağırdı. Başbakanın NATO toplantısında ele alınacak konular ve Eisenhower'le yapacağı görüşme üzerinde duracağını bekliyordum. Ama, bu defa söze oradan başlamadı. *Burada Başbakana ait bir anımı nakletmek için bir parantez açıyorum. Başbakanın benden hemen öğrenmek istediği husus Türkiye'ye ne zaman dönüleceği idi. Kendisine cevaben: "Aman Beyefendi, daha yeni geldik. Yarın Konsey toplantısı var. En aşağı iki gün sürer dedim. Kuşkusuz bütün dikkati Kıbrıs konusu ve Eisenhower'le yapacağı görüşme üzerinde idi. Ama bir yandan da ülkede süregelen kalkınma hareketiyle ilgili çalışmaları da kesintisiz takip etmeye itina gösteriyordu. O zaman yürütülmekte olan hava limanı yolu ile Fındıklı-Dolmabahçe ve Boğaziçi yollarına ait inşaatın vaktinde bitirilmesine önem veriyordu. Onun için Pa-*

ris'e gelir gelmez, İstanbul Valisini arayarak bu konularda bilgi aldı ve işlerin çabuklaştırılması talimatını verdi. Sonra bana dönerek "Bir yere gidelim. Hem yürür hem de yarınki işleri konuşuruz" dedi. Bois de Boulogne'a gitmeyi önerdim. Orada bir buçuk saat kadar yürüdük. O tarihlerde, son yıllarda Türkiye'de olduğu gibi, Başbakana emniyet görevlisi refakat etmezdi. Bu sebeple, bu yürüyüşte yanımızda ne Türk ne Fransız emniyet görevlisi ne de başka kimse vardı. Menderes, kesin lüzum olmadıkça dış gezilerden kaçınırdı. Yaşam tarzı itibariyle lükse temayülü olmadığı gibi uzun merasimlerden hoşlanmazdı. Vakit buldukça, spor yapmaya özen gösterirdi. Yanılmıyorsam İstanbul Belediyesine ait bir evden Florya'da denize girer, kesintisiz bir buçuk, iki saat yüzdüğü olurdu.. Yüzme, uzakta ve açıkta olurdu. Biz sahilde dönüşünü beklerdik.

Paris toplantısına avdet edelim.

16 Aralık 1957'de Eisenhower'le görüşme yapıldı. Dışişler Bakanı Zorlu ve ben Başbakana refakat ediyorduk. Mutad nezaket cümlelerinden sonra hemen Kıbrıs konusu ele alındı. Eisenhower'in konuya yaklaşımı şöyle idi: "Bu mesele hakkında evvelden tespit edilmiş görüşleri yoktu. Çabaları NATO'nun bütünlüğünü korumaya ve elden geldiğince soruna çareler araştırmaya yönelikti. Bu nedenle, tarafların konuya ilişkin tutumlarını öğrenmeye çalışıyordu. Bir çözüm bulmaya yönelik araştırmalar içinde, örneğin, ufak bir müstakil Kıbrıs devletinin kurulması da yer alabilirdi." Bu düşünce, bazı uluslararası garantileri de içerecek şekilde, bir süreden beri Amerikalılar, Yunanlılar ve Spaak'ın üzerinde durduğu müstakil Kıbrıs devleti fikriydi.

ABD Başkanı Eisenhower

Başbakanın tepkisi olumlu olmamıştı: *Yunanlıların tek emeli Enosis'i tahakkuk ettirmekti. Açıkça o amaca yönelemeyince Bağımsız Kıbrıs Devleti formülüne temayül etmişlerdi. Amaçları Adayı ilhaktı. Uluslararası garantilere de güvenilemezdi. Türk milleti bunun bilincindeydi. Üstelik iki toplumun ortak bir hayat sürmelerinin artık imkânsız olduğu gerçeği ortaya çıkmıştı. "Taksim" tek çareydi.*

Başkan Eisenhower, yeniden söz alarak, *şimdiye ka-*
dar kendisine bazı çözüm şekilleri önerildiğini, ancak
bu sunuşlar içinde "taksim"den hiç söz edilmemiş oldu-
ğunu kaydetti. Bu noktayı belirttikten sonra "taksim"e
gidilirse, iki toplum arasındaki sürtüşme ve kavganın
sürüp gideceği akla gelmez mi? tarzında bir soruyu ortaya
koydu. *İki toplum yüzyıllar boyunca Adada birlikte yaşa-*
mışlardı, şimdi ise bunun mümkün olmadığı iddia edili-
yordu. Bunun sebebi nedir diye ilave bir soruyu da gün-
deme getirdi.

Başbakan Menderes bu sorulara şu şekilde yanıt verdi:
"İki toplum öteden beri bir arada değil ayrı yaşamışlar-
dır. Son yıllarda dünya kamuoyunun gözü önünde cere-
yan eden EOKA'nın tehdit ve saldırıları yüzünden iki
toplumun bir arada yaşaması şöyle dursun, aralarındaki
ayrılık bir uçuruma dönüşmüştür. Bugünkü düzen için-
de mücadelenin sürüp gitmesi Kıbrıs'ın bir gerçeği ola-
rak kabul edilmek gerekir. İki toplumu ayrı hâkimiyetle-
rin idaresinde birbirinden ayırmaktan başka bir çözüm
yolu yoktur. Yunanistan'la aramızdaki hudutlar geniş-
tir. Buna ufak bir ilave yapılmasında, iki ülke arasında-
ki genel ilişkilerde, bir değişiklik yapmayacaktır. Türki-
ye ile Yunanistan arasındaki sınırların iki yanında Türk-
ler ve Yunanlılar barış içinde yaşamlarını sürdürüyor-
lar. Küçücük Kıbrıs Adasında meydana çıkacak küçük
bir sınırın ayırdığı topraklarda iki halk, pekâlâ barış
içinde yaşamlarını sürdürebilirler. 'Taksim'e gidildiği
takdirde göç ve tazminat konularında esneklik de göste-
rilebilecektir."

Eisenhower, bu konuya değinmesinin sebebinin sade-
ce bütün görüşler hakkında bilgi sahibi olmaktan ibaret ol-

duğunu söyledi. İlave bir fikir olarak da, *"Kıbrıs'ın geleceğinin tayini, görünüşe göre uzunca bir zaman alacak, orada uluslararası bir üs kurulması uygun olmaz mı?"* yolunda bir beyanda bulundu. Dışişleri Bakanımız bu noktada müdahale ederek, *"taksim"in gerçekleşmesi halinde, iki milli bölgede milli üsler kurulmasının muafık olacağını, çünkü uluslararası nitelikte bir üssün Rumların devamlı rahatsız edici hareketlerine ve saldırılarına müsait bir zemin oluşturacağını* söyledi. *"Üsler, milli nitelikte olduğu zaman, kimse tecavüze yeltenemez"* diye sözlerini sürdürdü.

Başbakan, "taksim" halinde İngiliz üslerinin yerinde kalacağını ve bir miktar arazinin İngiliz bölgesine ilave edilebileceğini kaydetti. Eisenhower, Kıbrıs konusunu kapatmadan önce şu görüşü de ileri sürdü: *"Taksim"e gitme kararlaştırılırsa, sınırın tespit edilmesi işinde güçlükler, ihtilaflar ortaya çıkabilirdi. Böylesine olumsuz bir olasılığı önlemek üzere uluslararası bir komisyon bu işi yüklenemez miydi?* Başbakan Menderes, *"Esas meselenin 'taksim' konusunda bir prensip kararına varılması olduğunun, bu sağlandıktan sonra, uygulama konusunda kolaylaştırıcı tedbirlerin oluşturulmasının güç olmayacağını,"* vurguladı. Başkan Eisenhower'le görüşme bu noktada sona erdi.

Bu görüşmeyi takiben, Eisenhower, 31 Aralıkta Başbakan Menderes'e bir mesaj gönderdi. Amerika Birleşik Devletleri Başkanı, bu mesajında, *Başbakan ve Dışişleri Bakanı Zorlu ile Paris'te görüş alışverişinde bulunmaktan memnuniyet duyduğunu kaydettikten sonra NATO ittifakının karşısında bulunduğu önemli sorunlar konusunda, iki ülkenin görüşlerindeki yakınlığı tespit etme-*

nin olumlu etkisi altında kaldığını kaydediyordu. Arkadan Kıbrıs konusuna değinerek, NATO ittifakı için teşkil ettiği tehlikeyi vurguluyor, "Bu sebeple, Kıbrıs konusunu, Başbakan Karamanlis ve Averof'la aynı sizinle ve Dışişleri Bakanı Zorlu ile görüştüğüm gibi görüştüm," diyordu. Bu görüşmede, Amerika Birleşik Devletleri'nin herhangi belli bir çözüm şeklini tercih etmediğini ve bazı telkinlerin ortaya atılabileceğini ve bunların karşılıklı bir anlaşmanın zeminini oluşturabileceğini söylüyordu. Bütün ilgililerin esneklik ve anlayış göstermesinin bu rahatsız edici soruna bir çözüm bulunması için gerekli olduğunu ve Amerika Birleşik Devletleri'nin bir uzlaşmaya varılması bakımından dost ve müttefiklerine yardımda bulunmayı öngördüğünü de tekrarlıyordu.

Görüldüğü gibi, Başkan Eisenhower'in mesajı, daha önceki Amerikan girişimlerindeki sivriliklerden ayrılmış intibaı yaratmaktaydı. Genel havası, yeni telkinlere, Türkiye'nin açık olmasını temenni eder tarzdaydı. Tabiatiyle akla MacMillan'ın üzerinde çalışmakta olduğu yeni öneriler ve bağımsızlık formülü gelmekteydi.

Başbakan Menderes bu mesaja gayet nazik yanıt verdi. Menderes, NATO tesanüdü ve müttefikler arası işbirliği konularını münasip bir şekilde işledikten sonra, sözü, Kıbrıs'a getirmiş ve Kıbrıs'ın Türkiye'nin güvenliği açısından ne derecede önemli olduğunu bir kez daha belirtmişti. "Taksim"in tarafımızdan bir uzlaşma formülü olarak ortaya konduğunu ve bu fikrin ilk defa Yunanistan ve ondan sonra İngiltere tarafından ileri sürülmüş olduğunu da hatırlatmıştı. Menderes, Kıbrıs Adasının hem orada yaşayan Türkler hem de doğrudan doğruya Türkiye'de yaşayan Türklerin huzur ve güvenliği için büyük önem taşıdığını, bu karakteri itibarıyla Kıbrıs sorununun Türk kamuoyu tarafından açık şekilde benimsendiğini ve hükümetlerin bu konudaki tasarruf sahasının son derece daralmış bulunduğunu ifade etmişti. Kıbrıslı Türklerin ve bizzat Türkiye'nin güvenliğinin gereksinimlerini karşılamayacak formüller konsunda esneklik gösterilmesi imkânı bulunmadığını kaydediyordu. Bu vesileyle İngiltere Hükümetinin yeni planına da değinmiş ve bu konuyu azami derecede iyi niyetle Türk Hükümetinin incelemiş ve cevabını İngiliz Hükümetine ulaştırmış olduğunu belirtmişti.

1957 yılı sonlarına doğru Yunanistan, Kıbrıs konusunu tekrar Birleşmiş Milletlere getirmişti. Yunanistan, konuyu, Kıbrıs halkı ile İngiltere arasında ele alınacak bir mesele olarak takdim etmekte ısrarlıydı. Aynı zamanda, Birleşmiş Milletlerden self determinasyonu içeren bir tavsiye kararı çıkarmanın peşindeydi. Komisyon safhasında bu istikamette bir metin geçirebildi. Ancak kararlar, Birleşmiş Milletlerin önemli saydığı kararlardan olduğu için Genel Kurulda behemahal üçte iki çoğunluk kazanması gerekiyordu. Genel Kurulda gerekli üçte iki çoğunluğu sağlayamadığı için komisyonun kararı reddedilmiş oldu. Bunun pratik neticesi, Birleşmiş Milletlerin 26 Şubat 1957 tarihinde aldığı karara geri dönülmüş olmasıydı. Bu da taraflara, görüşmelere devam edilmesini tavsiye etmekten öteye gitmiyordu. Birleşmiş Milletler Genel Kurulunda self determinasyon kararının reddedilmesinde İngiltere'nin ve bizim gayretlerimizin yanında Amerika Birleşik Devletleri'nin de önemli katkısı olduğunu hatırlıyorum.

1957 yılına ait gelişmelere değindik. Ancak, konuyu, evvelce Londra Konferansı sebebiyle yaptığımız gibi, Mac-Millan anılarına dayanarak, İngiltere'nin yakaşımı açısından da ele almayı uygun görüyorum:

1955 Londra Konferansı başarılı olamamıştı. Radcliffe Planı da yürütülememişti. MacMillan bu durumda yeni bir çare araştırılmasını lüzumlu görüyordu. Acaba "taksim" planı bir çözüm yolu olamaz mı diye düşünüyordu. Aynı zamanda, İngiliz üslerinin muhafazası kaydıyla "bağımsızlık" fikri üzerinde durulamaz mıydı? Bu sorular zihnini kurcalıyordu (s. 659, RIDING THE STORM). Eğer "taksim" bu sorulara pratik bir cevap oluyorsa, İngiltere'nin, sadece Kıbrıs'taki askeri üs ve tesislerinin geleceği ile ilgilenmesi yerinde olabilecekti. Bu üs ve tesisler, İngiltere'nin Yakındoğu'daki çıkarlarını korumak ve NATO'nun sağ kanadını desteklemek için gerekliydi. Bu düşüncelerle, Adanın "taksim"i veya "bağımsız" olması halinde, askeri bölge üzerinde, İngilizlerin müessir kontrolünün südürülmesinin sağlanmasının incelenmesini istemişti. Makarios, nisan ayı ortalarında Atina'ya dönmüştü ama daha Kıbrıs'a gitmesine izin verilmiyordu. MacMillan kitabında, Makarios'un Atina'da mı yoksa Kıbrıs'ta mı daha ziyade başa dert olduğu sorusunu alaycı bir tarzda ortaya koyuyor, Türk Hükümetinin "taksim"i önerdiğini, Avam Kamarasında yakında müzakerelerin başlayacağını ve İngiltere'nin elinde henüz sarih ve somut bir plan bulunmadığını söylüyor. Bu küçük toprağı, iki ayrı devletin kurulması için, "taksim" etmek fikrinden hoşlanmadığını, ayrıca bu yolda gidilirse, sürekli olarak sınırda sorunlar çıkacağını ve iktisadi açıdan olumsuz sonuçlarla karşılaşılacağının belli olduğunu kaydediyor ve "İsteksiz olmakla birlikte, zihnimde, 'taksim'in tek çıkar yol olduğu düşüncesi yer almaya başlamıştı," diye bir ilavede bulunuyor. (NOT: "Taksim"in sınırlarda sorunlar yaratacağı ve ekonomiye zararlı olacağı görüşünün yerinde olmadığını, Kıbrıs'ta 1974 yılından sonra kurulan fiili düzen göstermiştir.)

MacMıılan açıklamalarına devam ediyor:

Dışişleri ve Savunma Bakanları ve yüksek rütbeli kumandanlar, Kıbrıs guvernörünün katılmasıyla uzun toplantılar yapıyorlar. MacMillan, Kıbrıs'ın karşısında bulduğu en şaşırtıcı sorunlardan birini teşkil ettiğini söylüyor. Üzerinde durulan her yola itirazlar geldiğine işaret ediyor. Bunları şöyle sıralıyor:

Makarios Birleşmiş Milletler toplantısından sonra yine harekete geçecektir. Önümüzdeki yıllarda, Adaya, imkânlarımızın üstünde asker göndermemiz gerekecektir. Eğer iktidara gelirlerse, sosyalistler, zaten Kıbrıs'ı vereceklerdir.

Biz Kıbrıs'ı Yunanistan'a verirsek, Türkiye ile Yunanistan arasında savaş çıkacaktır. 'Taksim'e gidersek başarısızlığımızın itirafı olacaktır. Bunun sonucu, muhtemelen Adada bir iç savaş çıkacak ve onu da Türkiye ile Yunanistan arasında bir savaş takip edecektir. (Bunun da varid olmadığını 1974'ten sonraki gelişmeler ispatlamıştır.) Bizim esas amacımız. Bağdat Paktı ve genel olarak Yakındoğu ve Basra Körfezi savunması için hava üslerine sahip olmaktır. Yukarda sıralanmış olan çeşitli tepkileri hesaba katarak yeni bir plan hazırladık, diyor ve bu planı aşağıdaki biçimde açıklıyor:

"İngiltere'nin hükümranlığında askeri üsler tesis edilecektir. Adanın geri kalan bölümü İngiltere, Yunanistan ve Türkiye'nin ortak hükümranlığında kurulacak bir kondominyonun idaresine geçecektir. İçişleri alanında, yerel idarelerin oluşturulması meselesinde, Radcliffe Planının genel hatlarından yararlanılacaktır. Türk ve Rum olmak üzere iki cemaat meclisi kurulacak, ortak ilgi alanına giren konular valinin yetki sahasına alınacaktır. Dördü Rum, ikisi Türk, altı üyeden oluşan bir konsey valiye yardımcılık edecektir."

Bu plan 16 Temmuzda kabinede ele alınıyor ve bu üçlü dominyon kavramı geniş tasvip görüyor. MacMillan bununla beraber, bu planı hazırlamak, takdim etmek ve başarıya ulaştırmak çok güç olacaktır, düşüncesindedir. Bu yolda yürürken Amerika Birleşik Devletleri Hükümetinin ve NATO Genel Sekreteri Spaak'ın desteğinin sağlanmasının gerekli olduğunu belirtiyor. İngiltere'nin herhangi bir çözüme bağlı olmadığını, alternatiflere de açık olduğunu, ancak, herhangi bir planın kabule şayan olması için İngiliz hükümranlığında askeri tesisleri İngiltere'nin muhafaza etmesinin, Adanın komünist yayılmacılığına karşı korunmasının ve barış ve sükûnun sağlanmasının esas olduğunu vurguluyor. Amerika Dışişleri Bakanı Foster Dulles hemen destek vereceğini bildiriyor. Spaak da her zaman olduğu gibi yardımcı olacağını açıklıyor.

Yunanlılar, İngiliz hükümetinin nabız yoklamalarını ve gayri resmi bir konferansa katılma yönündeki davetini reddediyor. Buna rağmen 'hayır'ın bir cevap sayılmamasına ve davetin yenilenmesine karar veriyorlar. Bu arada Amerika'nın Yunanistan üzerinde baskısını arttırması isteniliyor. Ankara'dan gelen cevap da pek olumlu değildir. İngiltere Büyükelçisi, Yunanlıların kabul edecekleri herhangi bir şeye Türklerin muafakat etmesi hususunda çok az ümitli olduğunu belirtiyor.. MacMillan kötümser bir hava içindedir. "Bu küçücük Adanın işlerinin birçok ülkede kargaşa yaratması, Büyük NATO ittifakını tehlikeye sokması ve Birleşmiş Milletlerde acı münakaşalara sebebiyet vermesi, tahammül sınırını aşıyordu" diyor. "Türkiye neyi kabul ederse Yunanistan itiraz eder. Yunanistan neyi isterse Türkiye buna karşı çıkar. Makarios neyi kabule temayül ederse, Grivas'ın idaresinde EOKA bunu reddeder. Halbuki, İngiltere'nin, Kıbrıs'ta, Yunanistan'le Türkiye arasında barış sağlamaktan başka bir çıkarı yoktur. Bunu sağlarken, tabiatiyle, Yakın-doğu'nun savunması ve komünist saldırısına karşı korun-ması için gerekli üsleri İngiltere'nin muhafaza etmesi şart-tır."

MacMillan, 1957 yılının geri kalan bölümünde, Ameri-ka'nın yardımıyla Yunanistan'ın Birleşmiş Milletlerde self determinasyon kararını çıkartmasının önlendiğini, bununla teselli bulduğunu anlatıyor.

1958 yılının ilk aylarında yapılan nabız yoklamaları ne Yunanlıların ne de Türklerin yeni İngiliz planına teveccüh göstermeyeceklerini ortaya koyduğunu belirtiyor. Yunanlı-lar Enosis'ten vazgeçmiyorlar. Türkler ise "taksim" talebini aynı hararetle savunmaya devam ediyorlar. İngiliz Dışişleri Bakanı şubat başlarında Atina'yı ziyaret ediyor. Yunanlılar "taksim"in sürekli olarak dışlanması şartıyla, bir Türk üssü-ne razı olabileceklerini ama aynı zamanda Enosis'i nihai çözüm olarak kabulde ısrarlı olduklarını bildiriyorlar. Mac-Millan bu şartlar altında, aralarında uzun müzakerelerden sonra, planlarının bir ara teklif niteliği taşımasını kararlaş-tırdıklarını kaydediyor. Adanın uluslararası statüsünde bir değişiklik yapılmaması şartıyla, planın, yedi yıllık bir süre için kabul edileceğini tasrih ediyor. Önerilerini nihai olmak yerine, geçici bir çözüme dönüştürerek iki rakip tarafın ba-zı esaslı itirazlarını karşılayabileceklerini hesapladıklarını anlatıyor.

MacMillan mayıs ayında, Kopenhag'da yapılan NATO Konseyi toplantısında Türkler, Rumlar ve Yunanlılarla te-maslar yapıldığını, bundan bir semere alınmadığını belirtiyor.

Nihayet, İngiltere, Ortaklık Planını, Avam Kamarasın-da açıklama kararını veriyor. Bu planın metinleri, açıklama tarihinden evvel, Türk ve Yunan Hükümetlerinin bilgilerine sunuluyor. Amerika'ya da gidiyor ve Türk-Yunan Hükümetleri üzerinde etkili olabileceğini tahmin ettiği destekleyici girişimler yapmasını, Dulles'dan talep ediyor.

Plana ilk tepki Menderes'ten geliyor. Başbakan, "taksim"den başka bir çözümün Türkiye'nin endişelerini dağıtamayacağını belirtiyor. Yunanlıların cevabı da olumsuzdur. Onların ileri sürdükleri itiraz, bu plan dairesinde Türkiye'ye bir rol oynama imkânı tanınmasıdır. Konuyu 16 Haziranda NATO Konseyine götürüyorlar. NATO Konseyinde, Türkiye ve Yunanistan bu konuda bilinen tutumlarını koruyorlar. Geri kalan üyeler ise "ortaklık" planını hararetle destekliyorlar.

MacMillan'ı burada bırakarak, Türk Hükümetinin bu plan karşısındaki tutumuna kendi kaynaklarımız açısından değinelim. Menderes, plan hakkındaki olumsuz davranışını Türk kamuoyuna izah yolunda şu açıklamayı yapmıştır: *"Şurasını açıkça ifade etmek isterim ki, bütün iyi niyetimize rağmen, bu tekliflerini kabul etmek imkânını bulamadık. Plan, Adadaki iki cemaati bir arada yaşamaya zorlamak istemektedir. Böyle bir şeyin yürütülmesine imkân yoktur. Türkiye, Adanın taksimini bu meseleye yegâne hal çaresi olarak görmekte olduğu gibi bu fikri ihtiva etmeyen herhangi bir plan Türk kamuoyunda kabule şayan olmayacaktır. Kıbrıs'ın geleceğini tayin edecek olan herhangi bir planda, iki cemaatın mukadderatının hiçbir suretle birbirine bağlı olmadığını belirtmek ve bilhassa Türk cemaatinin herhangi bir şekilde Rum cemaatinin hâkimiyeti altına girmeyeceğini teminat altına almak icap edecektir."*

Menderes, MacMillan'a mesajında, Türkiye'nin İngiliz üsleri konusundaki öneriyi olumlu karşıladığını kaydetmiş ve MacMillan'la plan dahil bütün bu konuları yeniden gözden geçirmeyi teklif etmiştir.

MacMillan Planı, bilindiği gibi, 19 Haziran tarihinde Avam Kamarasında açıklanmıştır. Bu sebeple Dışişleri Bakanı Fatin Rüştü Zorlu, yaptığı açıklamada, "taksim"i savunduktan sonra, üç devlet başbakanı arasında üçlü bir konferans toplanmasını önermiş ve ortaklık planının konferansta bir dayanak olarak değil, bir konferans vesikası olarak muamele görmesini ileri sürmüştür. Zorlu, demecinde, son olarak şu noktayı vurgulamıştı: *"İngiltere Hükümeti yeni tasarladığı ve Adanın muvakkat idaresine ilişkin planı açıklarken, Adanın nihai uluslararası statüsünü tayin edecek bazı esaslar üzerinde de durmuştur. Bu meyanda Selvyn Lloyd, Londra Büyükelçimize 'taksim'e ilişkin imkânları da içeren Lenox Boyd'un 19 Aralık 1956'da vaki, self determinasyon prensibinin tatbikine müteallik beyanatını teyid etmiştir,"* demiştir.

Görüldüğü gibi Menderes, MacMillan'a plan konusunda olumsuz bir cevap vermekle birlikte bütün bu konularda ikili görüşme önermekle bir nevi kapıyı açık tutmak istiyordu. Zorlu ise, İngiltere Dışişleri Bakanı Lenox Boyd'un "taksim"i de içeren 19 Aralık 1956 demecini teyid etmesini olumlu karşılıyor ve "taksim" prensibini de nazara almak suretiyle ortaklık planının üçlü bir konferansta ele alınmasını öneriyordu.

Avam Kamarasında MacMillan planı önemli bir güçlükle karşılaşmamıştı. Muhalefetten Bevan, self determinasyonun çoğunluk sultasının azınlığa tatbiki manasına gelmediğini belirtmişti. MacMillan'ın düşüncesine göre; taraflardan herhangi birinin, muhalefet iktidara geldiği takdirde, kazançlı çıkacaklarını beklemesinin yerinde olmayacağı ortaya çıkmıştı. Bunun da ilerki aylarda sakinleştirici ve verimli bir etkisi olmuştu.

MacMillan'ın, Amerika Birleşik Devletleri'nin Türkiye ve Yunanistan üzerinde nüfuzunu kullanmasını Amerika Birleşik Devletleri Dışişleri Bakanı Dulles'dan istediğine biraz evvel değinmiştik. MacMillan Planı üzerinde İngiltere ile Türkiye arasında temaslar yapıldığı sırada Ankara'daki Amerika Birleşik Devletleri Büyükelçisi, Başbakandan bir randevu talep etmişti. Haziran ayında bir gündü. Menderes'in, Büyükelçi Warren'ı kabulünde hazır bulundum. Amerika Birleşik Devletleri Büyükelçisi elindeki not defterine bakarak görüş açıkladı. Söyledikleri Mart ve Nisan 1957 tarihinde demiş oldukları ile aynıydı. Yani, "taksim" uygulanamaz, çok ciddi ekonomik zorluklar doğar. Bir arada yaşamaya alışmış halklar birbirlerinden ayrılınca vahim yer değiştirmeler söz konusu olur ve bu durum Türkiye ile Yunanistan'ı ciddi bir çatışmaya götürür. Buna benzer başka fikirleri de sözlerine ekledi. Bir yıl evvel ileri sürdükleri ve reddettiğimiz düşünceleri bir kere daha önümüze getiriyor, "taksim" meselesini bir tarafa bırakıp, ismini telaffuz etmemekle beraber MacMillan Planı karşısında Türkiye'nin olumlu bir davranış içerisine girmesini tavsiye etmiş oluyordu. Menderes, Büyükelçiye bir cevap vermedi, ancak, hareketlerinden bu girişimi iyi karşılamadığı seziliyordu. Aslında, 1957 yılında ilk öneriyi yaptığı zaman Amerika'ya olumsuz cevap verilmiş fakat, iki müttefik arasında fikir alışverişinde bulunulması açısından nazik bir ifade kullanılmıştı. Amerika'nın ilk girişimi 25 Mart 1957 tarihinde olmuştu. Buna 4 Nisan tarihinde yanıt verilmişti. Amerika Birleşik Devletleri 23 Nisanda, yaklaşık 20 gün sonra, tekrar girişimde bulunmuş ve "taksim" konusundaki menfi yaklaşımını teyid etmişti. Yine 1957 yılının Aralık ayında aynı istikamette görüş ileri sürmüş, hatta Başkan Eisenhower de Menderes'e son NATO Konseyi toplantısında benzer mütalaa ileri sürmüş ve bütün bu girişim ve telkinlere tarafımızdan gerekli mukabelelerde bulunulmuştu.

Sanıyorum ki, tabirim mazur görülürse, Amerika'nın üçüncü kez üzerimize gelmesini Başbakan hiç de iyi karşılamamıştı. Büyükelçi konuşmasını bitirdikten sonra ayrıldı. Menderes, bunun üzerine bana dönerek, "Yarın Büyükelçiyi davet et, "taksim" aleyhinde görüşlerini kabul etmediğimizi, bunu evvelce belirttiğimizi anlat, son olarak da Amerika Birleşik Devletleri'nin bu konuda görüş açıklamasını beklemediğimizi kısa bir şekilde kendisine bildir", dedi. Ertesi gün Fletcher Warren'ı çağırdım. Bu düşünceleri, kendisinin de yapmış olduğu gibi resmi olmayan başlıksız bir kâğıda geçirdim. Başbakanın fikirlerini sözlü olarak anlattıktan sonra kâğıdı da kendisine verdim. Amerika Birleşik Devletleri Büyükelçisi, bu görüşmenin cereyan ettiği Haziran 1958 tarihinden sonra Başbakandan bir daha görüşme talep etmedi.

Temmuz ayı sonunda, Londra'da, Bağdat Paktı toplantısı vardı. Oraya gittiğimiz zaman, MacMillan'la Başbakanın, basının takibinden uzak, gizli bir görüşme yapmaları kararlaştırılmıştı. Dışişleri Bakanı Zorlu ve ben de Başbakanla birlikte Londra'ya gittik. Tabiatiyle, Londra Büyükelçisi Nuri Birgi de Başbakana iltihak etti. Bu gizli toplantıda, MacMillan, tekrar planını açıkladı. Başbakanın, MacMillan ile ipleri koparmamayı tercih ettiğini hissediyordum. Fazla hevesli görünmemekle birlikte olumlu bir tavır takındı. "Taksim" konusunda Lenox Boyd'un 1956 beyanı, evvelce de değindiğimiz gibi, Dışişleri Bakanı Selwyn Lloyd tarafından teyîd olunmuştu. Şimdi ortada bir "Ortaklık" planı vardı. Yedi senelik bir süre için Türkiye ve Yunanistan'ın da katkıda bulunabileceği bir "özerklik" idaresi getiriyordu. Sömürgeler Bakanının "taksim"i de içeren ve Selvyn Lloyd tarafından Haziran 1957 tarihinde bize tekrar teyid olunan beyan da akılda tutularak, plana karşı gelinmedi. Böylece İngiltere ile kısa ve uzun vadeli işbirliği kapılarının açık tutulması sağlandı. Yunanistan planı reddederse bu bizim bakımımızdan belki de daha iyi olacaktı. Yunanistan bu şekilde İngiltere ile işbirliği konusunun dışında tutulmuş olacaktı. Benim intibaım bu yolda idi. Planın metni hakkında Başbakanın görüşüne gelince, o hiçbir değişikliğe uğramamasını telkin ediyordu. Bu görüşme üç saat kadar sürdü. Taraflar ertesi gün yeniden iki defa buluştu. Son toplantı 21.30'daydı ve bu görüşmeler prensip itibarıyla Türkiye açısından olumlu karşılık verilmesiyle noktalanmış oldu. MacMillan Atina ve Ankara'yı ziyaret etmeyi evvelce önermişti. Başbakan buna olumlu cevap verdi. Yunanlılar da ziyareti olumlu karşılamışlardı.

MacMillan evvela Yunanistan'a gitti. Tarih, 8 Ağustos 1958'di. Bundan ötesini MacMillan'dan dinleyelim: (s. 675 RIDING THE STORM) "Başlangıçta umumi mahiyette görüşme yaptım. Barıştan ve yedi yıllık devreden bahsettim. 'Ortaklığın' çok güzel ve asil bir düşünce olduğunu izah ettim. Sonuçta iki prensip üzerinde mutabakatlarını sağladım:

1. Şiddete son verilmesi.

2. Geçici çözümlü ve nihai çözümü de saklı tutan yedi yıllık devre."

MacMillan kitabında, uzun uzun Atina'daki görüşmeleri anlatıyor. Yunanlıların evvela yumuşak davranıp sonra sertleştiklerini, başlıca itiraz konusunun da valinin yanında

110

Türk ve Yunan Hükümetleri temsilcilerine de yer verilmesinin teşkil ettiğini, Yunanlıların Türkiye'ye herhangi bir rol tanınmasına razı olmak istemediklerini anlatıyor. MacMillan bir ara sinirleniyor ve Yunan muhataplarına iki sene evvel Radcliffe Planını reddettiklerini, şimdi pişman olduklarını, çünkü Türklerin o zaman, o planı kabul ettiklerini ve şimdi özerklik çerçevesinde tek bir yasal meclisle Radcliffe Planının işlemekte olacağını kaydediyor. (Tek meclisli özerkliği reddettiniz şimdi iki meclisli özerklik karşınıza geliyor demek istiyor.) Şimdi bu yeni planı da reddederler veya şiddet ve terör yoluyla işlemesini önlerlerse sonucun en kötü şekliyle "taksim" olacağını vurguluyor.

MacMillan'ın bu görüşmelerden edindiği izlenim şöyle: Yunan Hükümeti Makarios'dan ve parlamentodan korkmaktadır. Mayıs ayında yapılmış olan seçimde, komünistlerin oylarının artmış olması çekingenliği arttırmaktadır. MacMillan planın kabulünde ısrar etmiyor. Yunan Hükümetinin sadece bu plana karşı olmadığını zımnen belirtmesini, yani uysal davranmasını öneriyor. Yunanlıların üzerinde durdukları başlıca nokta ise daha evvel de değindiğimiz gibi hükümet temsilcilerinin valinin yanında, idarede görev almalarıdır. (Türkiye'nin Kıbrıs'ta herhangi bir şekilde söz sahibi olmasını istemiyorlar.)

MacMillan 9 Ağustosta Ankara'ya geliyor. Akşam yemeğinden sonra Başbakana Atina'daki görüşmeyi naklediyor. Yunan hükümetinin iki prensibi kabul ettiğini; bunların terörizmin durdurulması ve yedi yıllık geçici rejimin benimsenmesi olduğunu belirtiyor. Ama, plana başka noktalarda itirazları vardır. Bu da hükümet temsilcilerinin valinin idaresinde yer almaları konusudur. MacMillan, Yunan itirazlarını karşılamak için bir değişiklik yapıyor: Temsilciler valinin idaresinin bir parçası olmayacaklar. Ama, âdeta bir

111

elçi gibi, vali nezdinde hükümetlerini temsil edeceklerdir. Türk tarafı Yunanlıları tatmin için planda değişiklik yapılmasına itiraz ediyor.

MacMillan ertesi günkü görüşmelerde tekrar bu konuları ele alıyor. Türk tarafı, yine plana herhangi bir değişiklik getirilmesine karşı çıkıyor. MacMillan sonuçta bu planı son şekliyle uygulayacaklarını ifade ediyor ve Türkiye'nin bu konuda işbirliğini esirgememesini rica ediyor.

MacMillan Ankara'da taviz elde edemediği, fakat ev sahibi üzerinde, bir ölçüde, etki yarattıkları hissindedir. "Türkler İngilizler gibi hislerini kolayca belirtmezler," şeklinde bir not düşüyor.

MacMillan, Atina ve Ankara'daki görüşmelerinin, Kıbrıs konusundaki planlarının her iki hükümetle ele alınmasını sağladığını belirtiyor. Üçlü bir uzlaşma veya bir antlaşma peşinde olmadığını tasrih ediyor. O sadece bu hükümetlerin, plan karşısında, menfi tavır almamalarını ve uysal davranmalarını ümit etmektedir. Ve mümkün olur da, uygulamaya geçildiğinde pratik destek verirlerse daha da memnun olacaktır. Her ne olursa olsun, bu iki ziyaretin dostça bir hava içinde geçtiğini ve beklediğinden de fazla anlayış gördüğünü kaydediyor. Yunanlıların işbirliğini kazanmak için Türk ve Yunan temsilcilerinin büyükelçi olarak görev yapmalarını, bu suretle her ikisinin de valinin konseyinde üye sıfatıyla görev yapmalarından vazgeçildiğini kaydediyor.

Makarios, bu gelişmeler karşısında olumsuz tutumunu koruyordu. Self determinasyonu gerçekleştirmek amacından ayrılmıyordu. Bunun anlamı ise ya ENOSİS ya İSTİKLAL'di. Makarios, görüldüğü gibi plana karşıdır. MacMillan Yunanistan'ın da reddetmesini bekliyor. Türkiye hakkında

112

ise daha umutludur. Beklediği gibi Yunanlılar 19 Ağustosta planı reddediyor. Türkiye ise bu tarihten bir hafta sonra planı kabul ediyordu.

MacMillan Planının, Türkiye'nin olumlu katkısıyla, 1 Ekim 1958'den itibaren yürürlüğe konulması İngiltere Hükümetince kararlaştırılmıştı. Bu noktada, NATO Genel Sekreteri Spaak, araya girerek, planın yürürlüğe konulmasının kısa bir süre için durdurulmasını çünkü kendi başkanlığında NATO içinde bir konferans toplanacağını bildirmişti. Türkiye ve Yunanistan da bu toplantıya katılmayı kabul etmişlerdi. Spaak'ın bu girişiminde, Amerika'nın bir etkisi olduğunu sanırım. Yunanistan'la bir uzlaşma sağlama yolunun NATO içinde bir kere daha denenmesi uygun görülmüştü. İngiltere, MacMillan Planının uygulamaya konulmasının ertelenmesini kabul etmemişti. Böylece, planı yürütme bakımından kararlılığını ortaya koymak istemişti. MacMillan Planı uyarınca, Türkiye'nin Kıbrıs'a vali nezdinde bir büyükelçi göndermesi gerekiyordu. Orada esasen bir başkonsolosumuz bulunuyordu. Başkonsolosun büyükelçiliğe tayiniyle, bu sorun kolayca halledilmiş oldu. (MacMillan, anılarında, Türkiye'nin bu şekilde davranışının NATO içinde çok olumlu etki yarattığını belirtiyor.)

Yunanlılar Spaak'ın önerdiği konferansa katılmayı reddetmişlerdi. Yine anılarında, MacMillan: "Yunanlılar konferans konusundaki davranışlarından utanç duyuyorlar. Yunanlılar derin bir şaşkınlık içindedirler, zira, bütün NATO ülkeleri gerçeği öğrenmiş bulunuyor," diyor.

İngiltere'nin yedi yıl için "Özerklik" planını yürürlüğe koymak konusunda kararlı olduğunu ortaya koyması ve Türkiye'nin de İngiltere ile işbirliği yapacağını belirtmesi, Makarios ve Yunanistan'ın şaşkınlığa uğramalarında başlıca amil olmuştur denilebilir. Yunanistan, bir kere daha, Birleşmiş Milletler sonbahar toplantısında şansını deneyecektir. Ancak, bu defa, doğrudan doğruya self determinasyonu bir tarafa bırakıp "istiklal" yoluyla emeline ulaşmayı amaçlayacağı biliniyordu. Birleşmiş Milletler, Kıbrıs konusunu, kasım sonlarına doğru ele alacaktı. O tarihten kısa bir süre önce, Başbakan Menderes beni yanına çağırdı. New York'a hareket etmek üzere olan Dışişleri Bakanı Zorlu'ya, Kıbrıs konusunda şimdi izlenecek yol hakkındaki düşüncelerini belirttiğini, bu kararını bana da açıklayacağını kaydetti. Menderes'in vardığı karar şöyleydi: "Kıbrıs meselesi, çeşitli safhalardan geçerek bu noktaya gelmişti. Kıbrıs, gerek içerde gerek dışarda hükümetin sorunlarını arttırmaktadır. Türkiye'nin bu konudaki amaçlarının korunması kaydıyla orta bir yol bulunması uygun olacaktı." Menderes'in kararını şu şekilde yorumlamak mümkündü: Türkiye'nin amacı, Kıbrıslı Türklerin Rumların boyunduruğu altına girmemesidir. Onlara, uluslararası garantiler gibi süslü sözlerle azınlık muamelesi yapılması kabul edilmeyecektir. Kıbrıs'ın Türkiye'ye düşman bir devletin eline geçmesi veya Kıbrıs içindeki gelişmeler sonucunda Kıbrıs'ın düşman bir devlet haline gelmesi asla kabul edilemez. Bu prensipler gözönünde bulundurularak ulaşılabilecek orta yollu bir çözümün bu amaçlara zarar vermeyecek şekilde işlemesini kontrol edebilmek için Türkiye'nin Kıbrıs'a ayak atması ve orada bir askeri mevcudiyete sahip olması gereklidir. Menderes'in, dış politikamıza yön veren bu kararını noktaladıktan sonra Birleşmiş Milletler müzakerelerine dönelim:

Birleşmiş Milletler toplantısından evvel New York'a giden Dışişleri Bakanı Zorlu'nun basına yaptığı açıklamalarda, Türkiye'nin yeni görüşleri hakkında ipuçları bulmak mümkündür. Türkiye MacMillan Planını kabul etmiştir. Bu plan ideal bir hal çaresi getirmemektedir. Ama Türk ve Rum cemaatleri için ayrı meclisler öngörmektedir. Bu olumlu bir unsur sayılabilir. Bizim açımızdan ideal hal çaresi, kuşkusuz "taksim"dir. Buna karşın birden fazla devletin hükümranlığı altına girmiş adalar da vardır. Örnek olarak Dominik Cumhuriyeti ile Haiti gösterilebilir. Zorlu, bunu takiben, basına bir açıklama daha yapmıştı ve bu yeni beyanında, Kıbrıs'a bağımsızlık verilmesi düşünüldüğü takdirde, bunun Kıbrıs'taki iki topluma da eşit şekilde uygulanması gereğini vurgulamıştı. Birleşmiş Milletler Komisyonunun önünde iki karar tasarısı bulunuyordu. İngiltere tarafından verilen karar tasarısında tedhiş hareketlerine son verilmesi ve tarafların bir çözüme ulaşabilmek için İngiltere'nin gayretlerine uymaları telkin ediliyordu. Bunun karşısındaki Yunan tasarısında ise, İngiltere'nin Adaya bağımsızlık vermesi öne sürülüyordu. Yunan Dışişleri Bakanı Averof, söz alarak "taksim" tezi aleyhine görüş açıklamış, ancak bu defa ne Enosis ne de self determinasyondan bahsetmeyerek "bağımsızlık" üzerinde durmuştu. İngiltere'yi, Türkiye ile işbirliği yaparak "taksim" tahakkuk ettirmek için gayret sarfetmekle itham etmişti. İngiltere delegesi, evvela MacMillan Planı üzerinde tafsilat vermişti. Arkadan "bağımsızlık" konusuna karşı çıkmıştı. Bu arada Adanın iktisadiyatını tahrip edeceği iddiası ile "taksim"i onaylamadıklarını vurgulamış, ama tedhiş hareketleri sürüp giderse, nihai çözüm tarzı olarak "taksim"in kabulünden başka çare kalmayacağını kaydetmişti. İngiltere delegesi, "bağımsızlığın" en son ele alınabilecek bir çözüm tarzı olduğunu beyan etmiş, ancak Makarios'un bağımsızlığı Enosis'e giden bir yol saydığını da belirtmişti.

Dışişleri Bakanı Zorlu söz alarak, bağımsızlığın Kıbrıs'a değil, aralarında ortaklık bağı bulunmayan iki ayrı topluma ayrı ayrı uygulanmasını istemişti. Komisyonda, Colombia tarafından da bir tasarı getirilmişse de sonunda İran'ın sunduğu karar tasarısı kabul görmüştü. İran tasarısı üzerinde münakaşalar cereyan etmiş, değişiklik teklifleri getirilmişti. Komisyonda kabul edilen İran tasarısının başlıca unsurları şunlardı: İlgili üç hükümetle Kıbrıslıların temsilcileri arasında bir konferans tertip edilecekti. Konferansın amacı hem geçici hem de nihai çözümü tayin etmekti. Bu konferansa, taraflara uygun gelmesi kaydıyla, başka hükümetler ve kişiler de çağrılabilecekti.

Genel Kurulda, İran tasarısı üzerinde uzun müzakereler cereyan etmişti. Bu müzakereler sonunda, hiç kimsenin itiraz edemeyeceği bir formül üzerinde mutabık kalınmıştı. Bu formül, esas itibariyle, Genel Kurulun, Şubat 1957 kararından ilham alıyordu. Bu son karar tasarısını Meksika delegesi Genel Kurula sunmuştu ve içeriği de barışçı, demokratik ve adil bir çözüme varmak üzere tarafların gayretlerine devam edeceğine Birleşmiş Milletler Genel Kurulunun güvendiğinin belirtilmesinden ibaretti. Bu öneriye hiçbir devlet itiraz etmediğinden aynen kabul edilmişti.

Bu suretle, son iki yıl zarfında yürütülen müzakereler sonunda başlangıç noktasına avdet edilmişti. Bu da üç ilgili devletin bir karara varmak üzere görüşmelere devam etmelerini öngörüyordu. Bu karar, açıkça, Yunanistan'ın, Birleşmiş Milletlerde başarı elde edemediğini ortaya koymuştu. Birleşmiş Milletler kararı ne self determinasyon ne de Makarios'un anladığı biçimde "bağımsızlık"tan bahsetmektedir. Yunanistan'ın ısrarlı taleplerinin reddedilmiş olması, İngiltere ve Türkiye açısından başarı hanesine kaydedilecek bir sonuç sayılabilir. MacMillan, anılarında, bu konuda, aşağıdaki yorumu yapıyor:

"Birleşmiş Milletlerde, dostlarımızın yardımıyla (başlıca Amerika Birleşik Devletleri'ni kastediyor) büyük bir başarı elde ettik." Çünkü Birleşmiş Milletler Genel Kurulu oybirliği ile ilgili bütün tarafların, Birleşmiş Milletler Anayasası çerçevesinde bir çözüme varmak için, sürekli çaba sarfedeceklerinden emin olduğunu belirtmişti.

Birleşmiş Milletlerde başarılı bir sonuç elde edilmesi sebebiyle, MacMillan, Başbakan Menderes'e memnuniyetini belirten bir mesaj göndermişti. Bu mesajında, Kıbrıs meselesinin çözülebilmesi için üç hükümet arasında anlayış ve işbirliği sağlanması lüzumuna her zaman inandığını, artık geleceğe güvenle bakabileceğini vurgulamıştı. Bu mesajın tarihi 8 Aralık 1958'dir. Başbakan hemen yanıt göndererek teşekkürlerini bildirmişti. Menderes, NATO toplantılarında Türkiye ile İngiltere arasında gelişen yakın işbirliğinin Birleşmiş Milletlerde tatmin edici bir sonuç alınmasında önemli rol oynadığını belirtmiş ve Yunanistan'ın dönüp aramızdaki işbirliğine katılacağını umduğunu kaydetmişti. Başbakan, mesajına, şu görüşü de eklemişti: *"Birleşmiş Milletlerde elde edilmiş olan sonuç, Adada başlamış olan işleri asla geciktirmemelidir. Geçici çözümün eksiksiz uygulanması ve tedhişçiliği ortadan kaldırmak için mahalli otoritelerce sarfedilen gayretlerin kısıntısız sürdürülmesi, yalnız Adadaki güncel durum bakımından değil, üç hükümetin müzakereler yoluyla nihai çözüme erişmeleri açısından da önem taşımaktadır. Böylesine azimkâr bir tutum Yunanistan'ın davranışı üzerinde çok hayırlı bir tesir yaratacaktır."*

Dışişleri Bakanı Zorlu, Birleşmiş Milletlerde sağlanan bu başarılı sonucu takiben Averof'la özel bir görüşme yapmıştı. Zorlu, aralık başlarında, New York'dan gönderdiği mesajında çok yorgun ve derin teessür içinde koridorlarda dolaşan Averof'a rastladığını ve onunla dostane bir görüşme yaptığını anlatıyor. Türk Dışişleri Bakanı, "Aramızda anlaşma yollarını arayalım," diye telkinde bulunuyor. Averof buna hemen olumlu cevap veriyor. "Biz de öyle düşünüyoruz," diyor. Averof, "Anlaşma olanağı varsa Ankara'ya bile gelebilirim," diye ilave ediyor. Yunan Dışişleri Bakanı devamla artık bu davanın ortadan kaldırılmasının lazım geldiğini söylüyor ve bu mücadeleden usanmış bir tavır içinde, buluşup görüşmeyi öneriyor. Zorlu, bu noktada fazla ileri gitmiyor ve Ankara'ya dönüp Başbakandan alacağı talimata göre hareket edeceğini vurguluyor. Bu arada, Türk toplumuna eşit muamele yapılması ve Türkiye'nin haklarına itibar edilmesinin esas şart olduğunu hatırlatıyor. Aynı zamanda İngiltere'nin de anlaşma çerçevesinde yer alması gereğine işaret ediyor. Averof, evvela iki tarafın anlaşmasını, onu takiben İngilizlerle temasa geçilmesi üzerinde duruyor. Zorlu, Başbakanın talimatına uygun olarak, Averof'la arasındaki bu konuşmayı fazla sürdürmeyi uygun görmediğinden o noktada kesiyor.

Dışişleri Bakanı Zorlu, New York'tan ayrılarak, 16-18 Aralık 1958 tarihinde yapılacak NATO Konseyi toplantısı için Paris'e gelmişti. Ben de kendisine orada katıldım. Konferans salonuna girilmeden önce, Zorlu bana bir şey göstereceğini söyledi. Yanında Büyükelçi Adnan Kural da bulunuyordu. Averof'la orta yollu bir çözüm üzerinde özel bir görüşme yaptığını söyleyerek, tasarlanan çözümün ana hatlarını içeren, kendi el yazısı ile derlenmiş bir notu bana gösterdi. Mutabık kalınan esaslar şunlardı:

Bağımsız bir devlet kurulacak, başkanı Rum, yardımcısı Türk olacaktı. Her iki toplumun, ayrı ayrı yerel meclisleri olacaktı. Kıbrıs Cumhuriyeti'nin yasama meclisi ise tek olacak ve orada milletvekilleri adedi nüfus orantısına göre saptanacaktı. Türkiye'nin, güvenlik açısından mevcut olabilecek kuşkuları ortadan kaldırmak için Adada bir düzenleme yapılacaktı. Averof, Türkiye'nin bu ihtiyacını olumlu karşılamıştı. Bunun formülü hakkında daha etraflı düşünce saptanmamıştı, ama iki taraf arasında cereyan edecek görüşmelerle tespit olunacaktı. Zorlu bana düşüncelerimi sordu. Tespit olunan esasların uygun gibi göründüğünü, tabiatiyle ayrıntılar ortaya çıktıktan sonra tam bir kanaata varılabileceğini, ancak şimdiden bir noktayı özellikle belirtmek istediğimi söyledim. O da Cumhurbaşkanı yardımcısı konusunda idi. Uzun süre Amerika'da görev yaptığımı (1945 ile 1952 yılları arasında başkâtip ve müsteşar olarak Washington'da bulunmuştum.) Cumhurbaşkanı yardımcısının, Cumhurbaşkanının yokluğunda ona vekâlet etmekten öteye önemli bir yetkisi ve sorumluluğu mevcut olmadığını hatırlattım.

Zorlu: "Bu doğru. O zaman yapacağımız görüşmelerde yetki ve sorumluluk meselesini tatmin edici bir formüle bağlarız," dedi.

Dışişleri Bakanı, NATO aralık toplantısı sırasında Averof'la başbaşa görüştü. Zorlu, Ocak, 1959'da Başbakandan aldığı talimata göre, Paris'te, Averof'la tekrar buluştu ve görüşmeleri ilerletti (19 Ocak, 1959). O tarihte, bana gönderdiği bir mesajda, Dışişleri Bakanı, Kıbrıs'ta Türk ve Yunan karargâh mevcudunun karşılıklı yüzde ellişer olmasını, Averof'un, hükümetine kabul ettiremediğini bildiriyordu. Fakat, ortak bir karargâh kurulursa, bir Türk bir de Yunan askeri kıtasının Alaya adım atması hususunda hükümetinin onayını sağlayabileceğini Averof, Zorlu'ya açıklamıştı. Yunanlılar bu ortak karargâha Kıbrıs kuvvetlerinin de dahil olmasını isteyebileceklerdi. Yine Zorlu'nun tahminine göre, ortak karargâh kumandanlığının rotasyon yoluyla üç ayda bir üç kuvvetin kumandanları arasında dönüşmesini Yunanlılar ileri sürebileceklerdi. Mamafih, bu konu, iki Başbakan arasındaki görüşmeleri de bekleyebilirdi. Dışişleri Bakanının bu mesajını, Cumhurbaşkanının yanında bulunduğu sırada, Başbakana, Çankaya'da arzettim. Cumhurbaşkanımız ve Başbakanımız üs kurulması prensibinde ısrarlıydılar. Bununla birlikte, müzakerelerin sürmesini ve behemehal bir çare bulunmasını da arzuluyorlardı. Başbakan Menderes, iki ülkenin Başbakanları arasında bir toplantı tertip edilmesi konusunda son derece istekli idi. Ancak, Başbakanlar toplantısına kadar, müzakerelere devam edilip pürüzlerin ortadan kaldırılmasını ve bu sebeple mümkün ölçüde esneklik gösterilerek somut bir neticeye varılmasını uygun görüyordu. Başbakanın bu cevabını Dışişleri Bakanımıza telledim.

Dışişleri Bakanı, Paris'te, Konsey toplantısı vesilesiyle Averof'la görüşmeleri sürdürürken, bir yandan da İngiltere Dışişleri Bakanına bu gelişmeler hakkında bilgi sunmuştu. Selvyn Lloyd, MacMillan ve kabine üyeleriyle görüştükten sonra, Zorlu'ya bir mesaj göndermişti. İngiltere Dışişleri Bakanı bu mesajında, Başbakan MacMillan dahil, kabinedeki meslektaşlarının Zorlu'ya çalışmalarında başarılı olması için her türlü desteğin verilmesini istediklerini bildirmişti. Selvyn Lloyd, Kıbrıs'taki iki toplum arasında işbirliğini içeren ve üç hükümet tarafından da desteklenen bir çözümün gerçekleşmesini gönülden arzuladığını vurguluyordu. Bunun yanında, varılacak anlaşmalarda, İngiliz hükümranlığı altında kalacak üslere de behemehal yer verilmesini önemle vurguluyordu. Bu esaslar içinde, Zorlu'nun Averof'la görüşmelere devam etmesini hükümetinin içtenlikle arzuladığını kaydediyordu.

Selvyn Lloyd, iç çözüm hakkında yeterli ilerleme sağlandıktan sonra, üç hükümet arasında müzakerelere geçilmesini öneriyordu. Bu müzakerelerde, iki toplum arasında işbirliği sağlanmasını amaçlayan yeni düzenlemenin gözden geçirileceğini ve nihai bir uluslararası çözüm için plan hazırlanabileceğini ifade ediyordu. Selvyn Lloyd'un belirttiğine göre bu plan, savunma ve dış politika cephelerini ele alacaktı. Buna göre gerekli anlaşmalar yapılacak ve bu arada İngiltere'nin hükümranlığı altındaki üsler üzerindeki hakları teminat altına alınacaktı. Teminat konusu, üslerin çalışmasına ilişkin kolaylıkları da kavrayacaktı, Selvyn Lloyd, son olarak, bütün bu noktaları kapsayan bir anlaşma sağlanmadan, İngiltere'nin, Kıbrıs'a hükümranlık tanınması konusunda herhangi bir formüle şimdiden bağlanmayacağını belirtiyordu. Bununla beraber, Türkiye ve Yunanistan arasındaki eski dostluk ve ittifakın canlandırılması çerçevesinde başarıya ulaşılabileceği umudunu da sözlerine ekliyordu.

Konsey toplantısında, Zorlu'nun, Selvyn Lloyd'a bilgi sunduğunu nakletmiştik. Averof da Selvyn Lloyd'a benzer bir açıklamada bulunmuştu. Her iki bakan da ikili temaslara devam açısından, Selvyn Lloyd'un mutabakatını almaya yönelmişlerdi. Selvyn Lloyd'un mesajı, bu girişimleri cevaplamaktadır. MacMillan da anılarında bu konuya temas etmiştir. Kitabında, MacMillan şöyle diyor: "Noel Bayramından evvel, nihai çözümün tohumlarını içeren beklenmedik bir gelişme olmuştu. İki Dışişleri Bakanı, iki topluma da, müstakil bir Kıbrıs çerçevesinde özerklik sağlama konusunda aralarında mutabık kalmışlardı. İngiltere hükümran üslerini elinde bulundurmaya devam edecekti. İki Dışişleri Bakanı, konunun iç safhasını aralarında görüşecekler, bu noktada yeterli ilerleme sağlandıktan sonra, üç hükümetin bir masa etrafında bir araya gelmesi uygun olacaktı. Yapılacak toplantıda, iç düzenlemeler gözden geçirilecek, arkadan da anlaşmalar ve garantiler gibi dışa ait görüşmeler müzakere edilecekti. MacMillan bu gelişmenin beklenmedik bir sonucu tebşir ettiğini ve son derece cesaret verici olduğunu kaydetmektedir. "Yunan-Türk uyuşmazlığı yüzünden şimdiye kadar Kıbrıs konusunda bir çözüme varmak mümkün olamamıştı. Onun için bu iki devlet arasında bir uzlaşma sağlanırsa, çok değişik ve umut verici bir gelişme ile karşılaşabiliriz. Bu sebeple, Selvyn Lloyd'la bu mesele üzerinde etraflıca düşündük, tarafımızdan bir müdahale olmadan, iki Dışişleri Bakanlarının aldıkları inisiyatifi çok iyi karşıladığımızı ve onlara başarı dilediğimizi bildirmeyi uygun gördük."

MacMillan arkadan, Ortaklık Planına değinerek, aşağıdaki noktaları vurguluyor: "Şimdi karşımıza yeni bir sorun çıkıyordu. O da bizim planımızın uygulanması işi idi. Yeni bir anlaşmadan evvel, Dulles'a izah ettiğim gibi, Haziran ve Ağustos 1958'de açıkladığımız iç düzenlemeye ait planın kesintisiz yürütülmesi gerekliydi. Kıbrıs'ta artık hareketsiz kalınamazdı. Planımızın aksamadan yürütülmesinin Yunanlılar ve Türklerin tutumları üzerinde olumlu etki yarattığı bir gerçekti. Şu anda Kıbrıs'ta yerel seçimler hazırlığı yapılıyordu. Türk cemaat meclisini ilgilendiren bir nokta vardı. Kıbrıs içinde yürüttüğümüz görüşmeler sonuç vermese dahi Türklere seçim yapma hususunda verdiğimiz sözü yerine getirmemiz gerekiyordu. Bu yüzden seçimlere ilişkin yasaları 15 Ocakta ilan etmeyi planladık. Diğer taraftan iki Dışişleri Bakanının da o günlerde Paris'te buluşacaklarını öğrenmiştik. Bu görüşmelerin en uygun bir hava içinde cereyan etmesi için seçim yasalarının ilanını kısa bir süre için geciktirdik. Paris'ten olumlu işaretler alınmazsa, yasaların ilanını bir haftadan fazla geciktirmemek gerekiyordu."

Görüldüğü gibi, MacMillan, iki topluma da ayrı ayrı yerel özerklik sağlanması prensibini iyice içine sindirmişti.

O sıralarda EOKA, kendilerine karşı operasyonlar durdurulduğu takdirde bir ateşkese hazır olacağını bildirmişti. MacMillan bunu EOKA'nın zayıfladığına hamlediyordu. İngiltere Başbakanı, EOKA üzerindeki baskıyı azaltmamak kararındaydı. Bu kararını Sömürgeler Bakanına açıklamıştı ve teröristlerle hiçbir müzakereye girilmemesi talimatını vermişti. Türkiye ile Yunanistan arasındaki görüşmeler bir uzlaşma ile sonuçlansa bile EOKA'nın yerinde rahat duracağına inanmıyordu.

LONDRA VE ZÜRİH ANTLAŞMALARI

Dışişleri Bakanı Zorlu ile Yunan Dışişleri Bakanı, Kıbrıs Adasına getirilecek yeni düzen hakkındaki görüşmelerini devam ettirmişler ve şimdi sıra, vardıkları mutabakata nihai şekil vermeye gelmişti. Bu amaçla, Şubat 1959'un ilk haftasında, iki Başbakan riyasetindeki heyetlerin Zürih'te toplanması kararlaştırılmıştı. Başbakanlar riyasetindeki müzakereler 5 Şubatta Zürih'te başladı. Görüşmeleri, esas itibariyle, Dışişleri Bakanı Zorlu yürütüyor, Başbakana muntazaman bilgi sunuyor, talimatını alıyordu. Biz de Bakanlık bürokrasisi olarak müzakerelere katkımızı getiriyorduk. Bu suretle, müstakbel Kıbrıs Cumhuriyetinin değişmez nitelikteki 27 maddesi Zürih'te hazırlandı. Tabiatiyle iki taraf cemaat liderleriyle de iştişare edildi. Buna ilaveten, diğer önemli metinler de orada tanzim olundu. Örnek olarak, Garanti ve İttifak Antlaşmaları zikredilebilir.

Zürih'te yürütülen bu çalışmalara ait bir iki konudaki anılarımı nakletmek isterim. Bunlardan birincisi Garanti Anlaşmasıyla ilgilidir. Tek taraflı müdahaleyi öngören üçüncü maddenin ikinci fıkrası tanzim olunuyordu. Dışişleri Bakanına, tek taraflı müdahaleden bahsederken, bunun, askeri müdahaleyi de kapsadığının tasrihini telkin ettim. NATO Antlaşmasında, RİO Antlaşmasında bu konunun açıklıkla belirtildiğini hatırlattım. Bütün diğer antlaşmalar, ki buna Balkan Paktı ve Bağdat Paktı da dahildir; müttefiklerce yapılacak hareketin hep istişare esasına bağlandığını, istişarenin ne gibi bir sonuç doğuracağının ise evvelden kestirilmesinin mümkün olmadığını vurguladım. Onun için, üçüncü maddenin ikinci fıkrasının somutlaştırılmasının imkânlarının araştırılmasını önerdim. Dışişleri Bakanı Zorlu, Averof'la görüştü ve onun tepkisini bana nakletti. Averof: "Üstünde durduğunuz noktayı anlıyorum. Tek taraflı müdahalenin askeri yolları da içine aldığı hususunda hiç kimsenin kuşkusu yoktur. Ama bu kelimeleri de metne geçirirsek, başka bir deyişle, i harfinin üstüne noktayı koyarsak, millet meclisi ayağa kalkar. Averof, Kıbrıs'ın Türkiye tarafından işgali için yol gösteriyor derler. Genel Sekreter Esenbel'e söyleyiniz, mecliste zaten sıkışık durumdayım, benim başıma yeni dert mi açmak istiyor," demiş. ·

İkinci anım, Türkiye ve Yunanistan'ın İttifak Antlaşması gereğince Kıbrıs'ta bulunduracakları askeri kıta ile ilgilidir. Başbakan iki tarafın askeri birlik mevcudunun eşit olması temayülünde olmasına rağmen bu konuda uzlaşma sağlamak üzere, bir ölçüde, esneklik gösterilmesine de açık olduğunu, bu konudaki mesajına cevaben, 19 Aralık 1958'de o sırada Paris'te bulunan Dışişleri Bakanına iletmiştik.

Zorlu, Averof'un bu konuda bizi tatmine yanaşmadığını, onun için sorunu Başbakana götüreceğini söyledi. Averof, Türkiye için azami 150 kişi öneriyordu. Tabii Yunanistan için önerdiği sayı bunun bir hayli üstünde imiş. Başbakanın böyle nisbetsiz bir ayırımı kabul edeceğini hiç sanmadığımı söyledim. Birlikte Menderes'e gittik. Zorlu karşılaştığı güçlüğü anlattı. Averof'un bizim için 150 rakamını önerdiğini söyledi. Başbakan, sinirli bir tavırla, "Oraya göndereceğimiz birlik, Kıbrıs ölçülerine göre bir mana ifade etmelidir. 150 kişilik mevcudu asla kabul etmem. Ben buraya Kıbrıs'a bir merasim kıtası göndermek için gelmedim," dedi. Zorlu, Averof'la tekrar görüşmek üzere Başbakanın yanından ayrıldı. Başbakan o zaman bana dönerek, "Yarın sabah, konferansı bırakıp Ankara'ya dönüyoruz. Gereğini yap," dedi. Bu suretle, Başbakanın bu konudaki aşırı Yunan isteklerine karşı olduğu mesajı bütün ilgililere iletilmiş oluyordu. Zorlu, bir süre sonra geldi ve konuyu iki Başbakanın çözmeleri hususunda Averof'la mutabık kaldıklarını bildirdi. (Başbakan konferansın yapıldığı bölümde değildi. Çalışmaları oteldeki kendi dairesinden izliyordu.) Bir süre sonra Karamanlis geldi ve Başbakanın dairesine çıktı. İki Başbakan, yanlarına bakanları ve diğer ilgilileri almadan, başbaşa görüştüler. Dışişleri Bakanı ile ben yandaki odada bekledik. İki Başbakan arasındaki görüşmeyi takip edemedik. Başbakanla Karamanlis'in İngilizce konuştukları, zaman zaman Rumcaya da müracaat ettikleri, otel odasının süslü ahşap kapısından sızan seslerden anlaşılıyordu. İki Başbakan arasındaki görüşme çok uzun sürmedi. Yaklaşık kırk beş dakika kadar bir zaman aldı. Bu sürenin sonunda kapı açıldı ve iki Başbakan neşeli bir çehre ile ortaya çıktılar. Yunanistan, Türkiye'nin 150 değil 650 kişilik bir kontenjan göndermesine ve kendi kontenjanının da 950 olarak tesbitine razı olmuştu. Bu sorun ortadan kalktıktan sonra gerisi çabuk halledildi.

Burada Zürih Konferansına ilişkin bir anımı daha nakletmek isterim: İşler tamamlandıktan sonra Zorlu ile aramızda konuşuyorduk. Sonuçtan memnun olup olmadığım yolunda bana bir soru yöneltti. "Kuşkusuz memnunum. Her ihtimali gözeten bir anlaşma yaratıldı. Ama çok uzun ömürlü olacağını sanmıyorum," dedim. "Ancak bundan da üzüntü duymuyorum," diye ekledim. Şakalaşırken kolumu

Yunan Başbakanı Karamanlis

çekerdi. Yine öyle yaptı. "Neden?" demek suretiyle bir is-
tifham belirtti. Arkadan da yine kolumu çekerek: "Anlıyo-
rum. Makarios, şartların müsait olduğu yanılgısına kapıla-

rak, bir gün bu anlaşmaları çiğnemeye kalkışabilir. O zaman Türkiye'den haketttiği karşılığı görür. Sonuçta bizim durumumuz daha da kuvvetlenir demek istiyorsun" dedi. "İyi buldun. Düşüncem aynen öyledir," cevabını verdim. O zaman kimse böyle bir ihtimali aklından geçirmiyordu. Bütün dünya Zürih Antlaşmasını alkışlıyordu. Türkiye güçlüydü. Prestiji yüksekti. O zamanki Yunan liderleri, Türkiye ile bu ciddi sorunun ortadan kalkmasından memnun görünüyorlardı. Hatta Mendres'in Karamanlis'le birlikte, ileride, Kıbrıs'a gidebileceğinden bahsediliyordu. Ortak ziyaret Kıbrıslı iki toplum üzerinde çok olumlu etki yaratabilecekti. Antlaşmaların çerçevesini çizdiği ilişkileri dostluğa dönüştürmeye yardımcı olabilecekti. Bunları o zamanki iyimser havayı aksettirmek için zikrediyorum. Benim şahsi kanaatim, eşyanın tabiatı böyle bir iyimserliği haklı kılmaya müsait değildi. Makarios'la Kıbrıslı Rumların değişebileceklerine inanmıyordum. Yunanistan'a da hiç güvenemiyordum. Makarios'un ve Yunanistan'ın, Türkiye'deki şartların değişmesi üzerine, ilerideki yıllarda, hiçbir zaman vazgeçmedikleri emellerini gerçekleştirmeye ne suretle koyulduklarını, zamanı gelince göreceğiz. Zürih Antlaşması konusunu burada noktalıyorum.

Zorlu, 11 Şubat 1959 tarihinde Averof'la birlikte Londra'ya gidecekti. Orada, işin uluslararası cephesi için antlaşma hazırlanacaktı. Bu cümleden olarak, müstakbel Kıbrıs liderleriyle İngiltere arasında üsler meselesi de bir anlaşmaya raptedilecekti. Bu konuda İngiltere ile Türkiye ve Yunanistan arasında bir sorun yoktu. Bir güçlük çıkarsa Makarios'dan gelecekti. Kıbrıslı liderler, hükümran üsler dahil, Londra'da son resmi şekli verilecek bütün anlaşma ve deklarasyon türünden vesikaları imzalamak suretiyle, Kıbrıs'a getirilen yeni düzeni onaylamış olacaklardı.

Zorlu, heyetin diğer üyeleriyle birlikte, benim de Londra'ya gelmemi istedi. Halbuki Başbakan, kendisiyle birlikte Ankara'ya gitmemi arzuluyordu. Bakanlar Kurulunda izahat verecekti. Kendisi ana hatları anlatacaktı. Ayrıntılı açıklamayı benim yapmamı uygun görüyordu. Ben bakanla Başbakan arasında güç durumda kalmıştım. "Bu konuyu çözmek beni aşıyor. Siz aranızda halledin. Londra veya Ankara, karar neyse ben ona uyarım" dedim. Sonuç belli idi. Başbakanla birlikte Ankara'ya dönecektim.

11 Şubat 1959 tarihinde resmi bir komünike yayınlandı. Arkasından, Başbakan, Anadolu Ajansına özel bir beyanat verdi. (Bu iki beyanatın metinleri Ek-1 ve Ek-2'dedir.) Menderes, özel beyanatında, "Türkiye ile Yunanistan arasında varılan mutabakatın Türkiye'nin güvenliğini ve Kıbrıs'taki Türk toplumunun haklarının yeni ve bağımsız bir devlet düzeni içinde korunacağını vurgulamıştır. Bu işbirliği cemaatlardan herhangi birinin haklarının zedelenmesine sebebiyet verebilecek bütün ihtimalleri önleyecek güvenlik esasına dayandırılmıştır," demek suretiyle konuya verdiği önemi açıkça belirtmişti. İngiltere'nin de güvenlik ihtiyaçlarını nazara alan konunun uluslararası cephesini ele almak üzere, İngiltere ile bir masa etrafında toplanılacağını kaydetmişti. Kıbrıs konusunda nihai bir anlaşmanın, dost ve müttefik İngiltere ile mevcut işbirliğinin yeni bir göstergesini oluşturacağına işaret etmişti.

Biz Zürih'ten 11 Şubatta Ankara'ya döndükten sonra, Başbakan hükümeti hemen topladı. Orada, Zürih Antlaşmasının esaslarını açıkladı. Ben de kendisini takiben antlaşmayı bütün ayrıntılarıyla izah ettim. Bakanlar Kurulu bu açıklamalardan memnun kaldı. Menderes, Türk Dışişleri Bakanlığının, bu toplantıda, Bakanlar Kurulu üzerinde çok iyi bir etki yaratmış olduğunu bana özel olarak ifade etti.

Dr. Fazıl Küçük

Başbakan, Dr. Fazıl Küçük'ü Kıbrıs'tan Ankara'ya davet etti. Dr. Küçük, Zürih'te varılan anlaşma hakkında vaktinde bilgilendirilmişti. Mamafih, Başbakan, önemli noktaların altını bizzat kendisi çizmeyi yararlı görüyordu. Başbakan, önemli noktalara Dr. Küçük'ün dikkatini çekti. Ben de ayrıntılı açıklamalar yaptım. Bu konuşma sonunda, Fazıl Küçük bana dönerek, kısmen şaka yollu bir soru yöneltti: "Melih Bey sen şunu söyle, bu anlaşma iyi mi?" dedi. Ben de "Çok iyi," deyince, "Öyle ise makbulümdür, alıyorum," tarzında bir ifade ile konuşmayı sonuçlandırdı.

Zürih dönüşüne ait bir ikinci anım da Amerika Büyükelçisine aittir. Ankara'ya dönüşümüzde Menderes bana, "Aylardır Amerika Büyükelçisini görmüyorum. Şimdi biz onu davet edelim. Gelsin, Zürih'te vardığımız anlaşma hakkında biz ona bilgi sunalım," dedi. Bunu söylerken gülümsüyordu.

Büyükelçi Fletcher Warren'a, Başbakanın huzurunda, Zürih'te gerçekleştirilen anlaşmanın esaslarını izah ettim. Mutadı olduğu üzere, küçük cep defterine, kurşun kalemiyle not aldı. Sürekli memnuniyet ifade ediyordu. Washington'un bu gelişmeden hoşnut olacağını söyledi ve Başbakana kendisini davet ettiği için teşekkür etti.

Şubat ayının ilerleyen günlerinde, Cumhurbaşkanının Ankara'daki büyükelçilere yıllık daveti vardı. Başbakan Çankaya Köşküne geldiğinde kendisini karşıladım. Başbakan pek içkiye düşkün değildi ama bu gibi davetlerde, havaya girmek için peşinen bir kadeh içerdi. (Bu türden davetlerle ilgili bir başka anımı burada nakledeceğim: Tarih, 1957 veya 1958 olacak. Bağdat Paktı toplantısı için Karaçi'ye gitmiştik. Zorlu ve ben Başbakana refakat ediyorduk. Cumhurbaşkanlığı Köşkünde misafir ediliyorduk. Her zaman aynı odalar bizlere tahsis edilirdi. Hizmetkârlar da hep aynı olurdu. Orada kendi evimizdeymişçesine rahat ederdik. Hiçbir lüks yoktu ama gittiğimiz hiçbir ülkede rastlamadığımız yakınlık ve huzur vardı. Pakistan bizler için yabancı bir ülke değildi. Konuya avdet edeyim: Yabancı ülkelerdeki davetlerde, Başbakan, resepsiyon salonuna inmeden, Zorlu ve benimle kendi dairesinde buluşmak isterdi. Karaçi'de de öyle yaptık. Bir kadeh içip aşağıya inecektik. Ortada içki yoktu. Seyahatlerinde genellikle kendisine refakat eden Rıfat Kadızade'ye işaret etti. O da bavulların bir tanesinden bir şişe rakı çıkardı. Başbakan, zaten, mecbur kalmadıkça, rakıdan başka içki içmezdi. Dışarda ısı 40 derece. Ortada buz yok, su da yok. Sek içecektik. Zorlu, vaktiyle sarılık geçirmiş olduğu için, sert içkilerden kaçınırdı. Ama çaresiz bu muhabbete katılacaktı. Başbakan, Kadızade ve ben birer kadeh sıcak rakı içtik. Zorlu ise içer gibi yaptı. Vaziyeti idare etti.) Çankaya'ya geri dönelim. Yaverler odasında Başbakanı bekledim. Menderes geldi. İçeriye gitmeden önce, mutadı olduğu üzere, kısaca, durum değerlendirmesi yapacaktık. Başbakana ve bana hemen birer kadeh rakı getirdiler. Bu sefer su da vardı, buz da vardı... O sırada telefon çaldı. Zorlu, Londra'dan arıyordu. Başbakanın işareti üzerine telefonu ben aldım. Zorlu, işleri bitirmek üzere idi. Başbakanlardan beklenilen; Kıbrıs'ta kurulan yeni düzeni içeren vesikaların Kıbrıs meselesinin nihai çözümü üzerinde anlaşma zemini oluşturduğunu kabul etmekti. Başbakanlar bu suretle kurulan yeni düzeni aralarında imzalayacakları bir muhtırada belirteceklerdi. Bütün bu işler 17 Şubatta sonuçlandırılmış olacaktı. Bu kısa konuşmadan sonra, telefonu Başbakana vereceğimi, düşüncelerini ve şayet varsa önerilerini doğrudan doğruya Başbakana ifade etmesini söyledim. Zorlu, Başbakana, Londra'ya gelmesinin çok iyi olacağını anlattı. Arkadan, Makarios'un güçlükler çıkarmasının beklendiğini açıkladı. Bu sebeple, Karamanlis'in behemehal, Londra'ya gelmesi gerektiğini vurguladı. Karamanlis'in Londra'ya gelmesi için Başbakanın da Londra'ya gitmeyi kabul etmesinin önem taşıdığını izah etti. Hatta "Atina'ya uğrayıp, Karamanlis'i de yanınıza almanız ve Londra'ya beraber gelmeniz çok iyi tesir yaratır," yolunda bir telkinde bulundu. Başbakan bu öneriyi kabul etmedi.

Şimdi yine MacMillan'ın anılarına dönelim. Anlattığına göre: "Zürih'te gerçekleştirilen anlaşma, İngiltere'de, genel olarak, ferahlık yaratmıştı. Dışişleri Bakanı Selvyn Lloyd'un Avam Kamarasında yaptığı kısa konuşma iyi karşılanmıştı. 11 Şubatı takip eden günler, gerçek hayat gibi değil de sanki bir sinema filmi gibi geçmişti. Kabine üyeleri, ana hatları itibariyle, anlaşmayı uygun bulmuştu. Dışişleri Bakanı, askeri bakımdan isteklerimizi gerçekleştirmede güçlük çekilmeyeceği kanaatındaydı. Bütün bunlar tahakkuk ederse, bir mucize doğmuş gibi olacaktı.

16 Şubat Pazartesi, İngiltere'ye ait doküman üç devlet arasında parafe edilecekti. Ondan sonra Makarios ve Fazıl Küçük imza edecekler, her şey yolunda giderse, Türk ve Yunan Başbakanları 17 Şubat Salı akşamı Londra'ya varacaklar. 18 Şubat günü yeniden imza işleri var. Zorlu ve özellikle Averof, Başbakanların katılımını sağlamayı amaçlıyorlar (Tarih 13-14 Şubat).

Rumlar ve Türkler Zürih'te gerçekleştirilen anlaşmayı kabul etmişlerdi. Bunun içinde, Anayasaya değişmez madde olarak giren Türk Başkan Yardımcısının veto hakkı da vardı. Sıra, İngiltere'nin kendi isteklerini ileri sürmesine gelmişti. Yunan ve Türk Dışişleri Bakanları bizimle tam uyum içindeydi. Yunan Dışişleri Bakanı, Makarios'un her şeyi kabul ettiğini söylüyordu (Tarih, 15 Şubat 1959).

17 Şubat 1959

Türk ve Yunan Hükümetlerinin tutumu kesindir. Makarios ise çekincelidir."

MacMillan o gün Türk ve Yunan Başbakanlarını bekliyor. Aynı zamanda Sovyetler Birliği'ne yapacağı ziyaretin hazırlığındadır. Kıbrıs konusundaki anlaşmanın gerçekleşmesi bundan daha isabetli bir tarihe rastlayamazdı. Bu işi sonuçlandırmadan Selvyn Lloyd'la Moskova'ya hareket edemeyeceklerdi.

MacMillan'ın anılarından şimdi yine Ankara'ya dönelim. Başbakan, uğrunda bunca emek sarfettiği, kamuoyuna malolmuş bir meselenin sonuçlandığı anda hazır bulunmayı kuşkusuz, gerekli görüyordu. Herkes Başbakanla birlikte Londra'ya gitmeyi arzuluyordu. İstanbul'a geldik. Başbakan vilayette idi. Milli Talebe Birliği'nden iki kişi vilayete geldi. Başbakanın uçağında kendilerine yer verilmesini, bu milli davanın hallinde hazır bulunmayı çok arzu ettiklerini belirtiyorlardı. Uçakta yer kalmadığı için bir şey yapılamamıştı. Başbakan da Özel Kalem Müdürü Muzaffer Beye, "Öğrencileri Melih Beye gönder, o kabul etsin" demişti. Kendilerine gösterdikleri ilgiden duygulandığımızı söyledim ama hakikaten uçakta bir kişilik bile yer kalmadığını anlattım. Hosteslerin ayakta dolaştığını, ama iniş çıkışlarda kendilerine ait yerlerde oturma mecburiyetinde olduklarını, onlara ait yerlerden de yararlanamayacağımızı anlattım. Üzülerek ayrıldılar. Londra'dan İstanbul'a döndüğümüz zaman yine onlara rastladım. "Uçakta bize yer vermeyerek belki de hayatımızı kurtardınız," diyerek duygularını belirttiler. 17 Şubat'ta Londra'ya inerken geçirdiğimiz faciayı kastediyorlardı.

17 Şubat Salı günü Türk Hava Yollarının Viscount uçağıyla İstanbul'dan ayrıldık. Öğle vakti Roma'ya geldik. Büyükelçi Cevat Açıkalın Başbakanı karşıladı. O sırada, Londra'da havanın kısmen kapalı olduğu haberi geldi. Başbakan, "Hava muhalefeti varsa, Paris'e gider, bir gece orada kalırız. Londra'daki işler bir gün gecikir," dedi. Bir süre sonra, uçakların muntazaman Londra'ya indikleri şeklinde haber geldi. Onun üzerine yola çıktık. O tarihlerde, Başbakanın ısrarı üzerine, hava muhalefetine rağmen, Londra'ya uçuldu yolunda bazı gazetelerde çıkan haberler tamamıyla asılsızdır. Londra'ya geldiğimizde Gatwick yardımcı alanına inilmesi talimatı verildi. Nitekim, Karamanlis'i taşıyan Yunan Hava Yolları uçağı kısa bir süre önce Gatwick'e inmişti. Her taraf bembeyaz sis tabakasıyla kaplıydı. Havaalanı yerine ormana indik. Hatırlanması bana el'an eza veren, büyük facianın içine düştük. Uçakta bulunan pilotlar, hos-

tesler dahil on dört değerli insanı kaybettik. Ayrıntılar o zamana ait gündelik basındadır. Ben tekrarlamayacağım. Ancak, Ankara'ya döndükten sonra elimize geçen bilgiler, kazanın, pilotaj hatası yüzünden vukua geldiğini gösteriyordu. Ben de Menderes'le birlikte kazadan sağ çıkanlardandım. Başbakanda fazla bir arıza yoktu ama bir iki gün London Clinic'de kalması uygun görüldü. Başbakanlar arası muhtıra 19 Şubatta Londra'da imzalanacaktı. Başbakana her taraftan geçmiş olsun telgrafları yağdı. Bunlardan bir tanesi, onu özellikle duygulandırdı. O da muhalefet lideri İnönü'den gelen mesajdı. İnönü'ye güzel ve çok saygılı bir yanıt gönderdi.

17 Şubatla 18 Şubat arasında, İngiltere'yi ilgilendiren konular ve Makarios'un davranışları hakkında MacMillan anılarına tekrar müracaat edelim: 18 Şubata ait notta, üç hükümetin Kıbrıs Planı üzerinde mutabık kaldıkları, Dr. Küçük'ün de muvafakat bildirdiği, Makarios'un ise kendinden emin olmayan sinirli bir görüntü sergilediğini Selvyn Lloyd bildiriyor. Makarios'un itirazlarının, beklenilenin aksine, üsler konusunda olmayıp Zürih Anlaşmasına taalluk ettiği kaydediliyor. Averof'a göre Makarios bugün 'Hayır' derse, bir hafta sonra 'evet' diyecektir. Onun için, Makarios'un nasıl olsa yola geleceği hesabıyla çalışmalar yürütülüyor. Sonuçta, 19 Şubat 1959 sabahı, Makarios'un her şeyi kabul ettiği haberi geliyor. Aynı gün, Lancester House'da resmen konferans toplanıyor. Bütün işler tamamlanıyor. Bütün anlaşmalar ve deklerasyonlar imzalanıyor. Geriye üç başbakanın imzalayacağı muhtıra kalıyor. MacMillan, Karamanlis'le birlikte London Clinic'e geliyor. Başbakanın yattığı odada üçlü muhtıra imzalanıyor.

Bu olaydan birkaç gün sonra, kiraladığımız bir İngiliz

uçağıyla İstanbul'a döndük. Yeşilköy'de büyük karşılama oldu.

Halk Başbakanın kazadan salimen kurtulmasının sevincini yaşıyordu. Gece, trenle Ankara'ya hareket ettik. Halk, güzergâhta tren istasyonlarını doldurmuştu. Başbakanı göremeyeceklerini bilmelerine rağmen onu uğurluyorlardı. Erkeklerin yanı sıra, gece vakti, kucaklarında uyuyan çocuklarıyla kadınların da istasyonlardaki kalabalıklara katılmış olduklarını müşahede ettim.. Sabah, Ankara'ya vardığımızda Gar'da, büyük karşılama yapıldı. İnönü de orada idi. Başbakan, Londra'ya gönderdiği mesajdan sonra, İnönü'nün, karşılamaya gelmesine son derece duygulanmıştı. Cumhurbaşkanının elini öptükten sonra ikinci olarak hemen İnönü'nün yanına gitti. Onun da elini öptü ve teşekkürlerini sundu.

Bundan sonra, anlaşmanın Meclis safhasını anlatacağız. Ama, daha evvel, yine özel bir anımı nakletmek isterim: Bir gün bir sohbet sırasında, Menderes, sözü Londra uçak kazasına getirerek, bana, şaka yollu, "Melih bak, artık ikimiz de bedava yaşıyoruz. Artık ne çılgınlık yapsak, hakkımızdır" dedi.

Zürih'te esasları hazırlanıp, Londra'da nihai metin haline getirilen bütün vesikalar, 19 Şubat 1959 tarihinde Londra'da yayınlanmıştır. (Bu metin Ek-3'dedir.) Kıbrıs konusundaki anlaşmaların esaslarına kısaca değinmek isterim:

– Kıbrıs Cumhuriyeti bir Başkanlık rejimidir. Başkanı Rum, yardımcısı Türk olup, her ikisi de kendi toplumları tarafından seçilecektir.

– Kıbrıs'ın bayrağı yanısıra, milli günlerde, Türk ve Yunan bayrakları da asılabilecektir.

– İki toplum, Türk ve Yunan bayramlarını kutlayabileceklerdir.

– Yürütme yetkisi başkan ve yardımcısındadır. Hükümette 7 Rum, 3 Türk bakan olacaktır.

– Bakanlar Kurulu kararları mutlak çoğunlukla alınacaktır. Ancak, başkan ve yardımcısı, kanunlar ve millet meclisi kararları için olduğu gibi, nihai veto hakkına sahiptir. Bu kararları Bakanlar Kuruluna iade edebilir.

– Millet Meclisi üyelerinin % 70'i Rum toplumundan % 30'u da Türk toplumundan seçilecektir.

– Anayasanın 27 adet olan esas maddeleri değiştirilemez. Diğer hükümleri Türk ve Rum milletvekillerinin üçte iki çoğunluğu ile değiştirilebilir.

– Seçim konusunda değişiklik yapmak, belediyelere ait kanun, vergi ve harç arzeden kanun çıkarmak, Türk ve Rum milletvekillerinin ayrı ayrı basit çoğunluğu tarafından onaylanma şartına bağlıdır.

– Bürokrasinin % 70'i Rum, % 30'u Türklerden tayin edilecektir. Mecburi askerlik, ancak başkan ve yardımcısının mutabakatıyla kararlaştırılabilir.

– Beş büyük şehirde ayrı Türk belediyeleri kurulacaktır.

– Garanti ve İttifak Antlaşmaları Kıbrıs Anayasasının değişmez hükümleri niteliğindedir.

– Bir Yüksek Adalet Divanı kurulmaktadır. İki Rum, bir Türk ve bir de tarafsız üyesi olacaktır. Bu tarafsız üye, Divan Başkanlığını yürütecek ve iki oya sahip olacaktır.

Garanti ve İttifak Antlaşmalarının belli başlı hükümleri üzerinde de duralım:

GARANTİ ANTLAŞMASI

– Kısmen veya tam olarak başka bir devletle ekonomik ya da siyasi bir birliğe gidilmesi men'edilmiştir. (Bu suretle Enosis ve Taksim yasaklanmış oluyor.)

– Bu antlaşmanın hükümleri çiğnendiği takdirde İngiltere, Türkiye ve Yunanistan aralarında istişare ederler. Ortak hareket kararına varamazlarsa, garantörlerden her biri, kendi başına, hareket serbestliğine sahiptir.

İTTİFAK ANTLAŞMASI

– Kıbrıs Cumhuriyeti, Yunanistan ve Türkiye ortak savunma konusunda aralarında işbirliği yapacaklardır. Bundan ilham alarak, Kıbrıs'ta üçlü bir karargâh kurulmaktadır. Bu karargâhta Yunan Birliğinin mevcudu 950, Türk birliğinin mevcudu ise 650 olacaktır.

Kıbrıs Cumhuriyeti Başkan ve Yardımcısı, aralarında mutabık kaldıkları takdirde bu kontenjanların artırılmasını veya azaltılmasını Yunan ve Türk hükümetlerinden isteyebileceklerdir.

Mart 1959 sonuna kadar İngiltere, Türkiye ve Yunanistan parlamentoları antlaşmaları tasdik etmişlerdi.

Türkiye Büyük Millet Meclisinde, antlaşmaların onayına ait müzakereler, 4 Mart 1959 tarihinde yapıldı. Ben o müzakereleri Mecliste takip ettim. Muhalefet sözcüleri, eksik gördükleri noktalar hakkında açıklamalar yapıyorlardı. Üzerinde asıl durulan konu Garanti Antlaşmasının müdahaleyi içeren hükmü idi. Tek taraflı müdahale konusunun üzerine eğiliniliyordu. Bu antlaşma çiğnenirse bu fiil Makarios'tan gelecekti. Üç devlet, ne yapılacağı hakkında istişare edeceklerdi. Yunanistan'ın Makarios aleyhine harekete geçmesi beklenilemezdi. O zaman İngiltere'nin davranışı önem kazanıyordu. İngiltere'nin Türkiye ile birlikte hareket etmesi iyi olurdu. Müdahale, birden fazla tarafın kararını gerektirirse durum ne olacaktı? Zorlu'nun, muhalefetin ileri sürdüğü karşı görüşlere yanıtı bu noktada önemliydi. Ortak hareket sağlanamazsa Türkiye kendi elini de bağlamış olmayacak mıydı? Bunun için tek taraflı müdahale; üzerinde titizlikle durulacak ve korunacak bir hükümdü. (1974 yılında da öyle olmadı mı? İngiltere ile istişare yapıldı. Sonuç alınamadı. Ancak, Türkiye'nin tek taraflı müdahale hakkı şüphe götürmezdi. Öyle yapıldı ve başarıya ulaşıldı.)

YUNAN PARLAMENTOSUNDAKİ MÜZAKERE

Kıbrıs antlaşmalarının müzakeresinde, muhalefet partileri çok şiddetli tenkitlerde bulunmuşlardı. Liberal Parti Lideri M. Venizelos, Makarios'un Enosis yeminine ihanet ettiğini hatırlatmıştı. Arkadan da, Lozan Antlaşmasıyla Kıbrıs'la ilgisini kesmiş olan Türkiye'ye, Kıbrıs üzerinde hükümranlık hakları tanıyan bu anlaşma yerine, Yunanistan için daha elverişli olan Radcliffe veya hatta MacMillan Planını kabul etmemekle hükümetin fırsatları kaçırdığını iddia etmişti.

Sosyal Halkçı Parti Lideri, eski Dışişleri Bakanı M. Stefanapolus ise, hükümetin meclisi bir emrivâki karşısında bırakmış olduğunu ve Adaya verilen yeni statünün Kıbrıslıların arzularına uymadığını iddia etmişti.

M. Stefanopulos, bundan sonra, Kıbrıs davasındaki Yunan idealinin kaybedilmiş ve Türkiye'nin Adada yerleşmiş olmasından değil, aynı zamanda kendisinin Dışişleri Bakanlığı sırasında Kıbrıs için oto-dispozisyon tezini savunmuş olmasından dolayı bu anlaşmalara menfi rey vereceğini söylemişti.

M. Stefanopulos ayrıca, Zürih ve Londra Antlaşmaları ile, Yunanistan'ın Türkiye ile araziye müteallik münasebetlerini tanzim etmiş olan Lozan Antlaşmasına ağır bir darbe vurulduğunu, Türkiye'nin kaybettiği topraklardan birisine ilk defa tekrar ayak basmakta olduğunu belirtmişti.

İlerici Parti Lideri M. Markezinis ise şunları söylemişti:

"Kıbrıs'tan İngilizlerin gitmesi için Türklerin Adaya gelmesi lazım idiyse, İngilizlerin yerlerinde kalmaları daha iyi olurdu."

Kıbrıs meselesinin Yunan parlamentosunda müzakeresi sırasında, eski Başbakan, Liberal Parti Lideri M. Papandreau özetle şunları söylemişti: "Kıbrıs'ta 'taksim' önlenmişse de, iktidar ve idarenin 'taksim'i tahakkuk ettirilmiştir. Türk azınlığı imtiyazlı bir duruma getirilmiştir. Adadaki Türk ve Yunan nüfusu oranı % 50 ile % 18 iken kuvvetler arasında oran hemen hemen eşit ve önemli meselelerde ise tamamen eşittir."

M. Papandreau, müteakiben şunları sözlerine eklemiştir:

"Her şeyden evvel Enosis ebediyen terk edilmiştir. Diğer taraftan Türkiye, Lozan Muahedesine rağmen ve Osmanlı İmparatorluğundan kurtarılmış olan memleketlerin hiçbir zaman tekrar bu imparatorluğun hâkimiyeti altına geçmeyeceğine dair Hıristiyan dünyasının geleneklerine aykırı olarak, Kıbrıs'a dönmektedir."

Kendi karar ve hareketlerimizi tartarken, başkalarının bunları nasıl değerlendirdiğini tespit etmenin yararına her zaman inanmışımdır. Yunan Meclisindeki tepkiler sırf muhalefet taktiği ile izah edilemez. Muhalefet sözcülerinin görüşlerinde bir gerçek payının mevcudiyeti inkâr edilemez.

Zürih'te varılan nokta, 1954 yılından itibaren, gece gündüz demeden kesintisiz sarfedilen çabaların sonucunu belirlemektedir.

Bu birinci kitabımız burada sona eriyor. Bunu izleyecek ikinci kitabımızda, Zürih'ten sonra izlenen inişli çıkışlı yolu ele almaya çalışacağız.

EKLER

EK : 1

ZÜRİH RESMİ TEBLİĞİ

Zürih: II. a.a.-

"Türkiye ve Yunanistan başvekilleri Adnan Menderes ve Konstantin Karamanlis, beraberlerinde hariciye vekilleri Fatin Rüştü Zorlu ve Avengelos Averof olduğu halde 5 Şubattan 11 Şubat 1959'a kadar Zürih'te toplanmışlardır. İki başvekil, samimi bir dostluk havası içinde cereyan eden görüşmelerinde, son senelerde gelişmeleri, müşterek endişelerinin sebebini teşkil eden Türk-Yunan ilişkilerini incelemişlerdir. Memleketlerini, büyük devlet adamları Atatürk ve Venizelos'un çizdikleri sıkı işbirliği ve yapıcı dostluk yoluna yeniden sokmak hususundaki mütekabil arzularını müşahede eden iki başvekil, bu derece mühim olan bu davaya hizmet etmek için müştereken çalışmak hususundaki kararlarını izhar etmişlerdir. Bu yolda kat'î mahiyette bir merhalenin aşılmış olduğunu müdrik bulunan iki başvekil, bu mes'ut merhalenin Türk-Yunan münasebetlerinin bütün ehemmiyetli kesimlerinde derhal neticeler vereceği hakkındaki itminanlarını ifade etmişlerdir.

Kıbrıs meselesi hakkında uzun görüşmeler yapılmıştır. Bu meselenin arzettiği ehemmiyetli güçlüklere rağmen, mütekabil bir anlayış zihniyeti içinde, nihayet bir uzlaştırıcı anlaşmaya varılmıştır.

Hürriyet, İşbirliği ve Kıbrıs'ın Refah Davası bu imtihandan muzaffer çıkmaktadır. Üç hariciye vekilinin Aralık 1958'de Paris'te yaptıkları toplantı sırasında başlayan üçlü temasların devamını teşkil eden Türk-Yunan görüşmelerinin neticesinden İngiltere hükümetini haberdar etmek zamanı gelmiştir.

Birleşik Krallığın dostu ve ve müttefiki olan Türkiye ve Yunanistan, üç ilgili memleket arasında bir anlaşmanın, Kıbrıs meselesini kat'î bir hal tarzına götüreceğine inanmakta tereddüt etmemektedirler.

Zürih Konferansı sırasında tahakkuk ettirilen terakkilerin böyle bir hal tarzına, yolu kâfi derecede açtığını mülahaza eden Türk ve Yunan hükümetleri, müzakerelere üçlü bir zemin üzerinde devam ederek bunları mes'ut bir neticeye isâl etmek maksadiyle Birleşik Krallık hükümetiyle anlaşmayı derpiş etmektedirler.

Bu maksatla Türkiye ve Yunanistan hariciye vekilleri, İngiliz meslektaşlarını neticeye varmış olan görüşmelerin sonucundan haberdar etmek üzere bugün Londra'ya gideceklerdir."

EK : 2

BAŞVEKİLİMİZİN ANADOLU AJANSINA BEYANATI

11.2.1959

Zürih'te Türkiye ve Yunanistan Hariciye Vekillerinin de iştirâkiyle Yunan Başvekili Karamanlis ile yaptığımız görüşmelerin müsbet bir neticeye iktiran etmiş olmasını memnunlukla kaydederim.

Karşılıklı iyi niyet ve tam bir anlayış içinde cereyan eden müzakereler sonunda, Türk-Yunan münasebetlerini derin surette sarsan Kıbrıs meselesinin hallini mümkün kılacak esasların tesbiti hususunda Yunanistan'la bir mutabakata varılmıştır.

Türkiye ile Yunanistan arasındaki bu mutabakat bir taraftan Türkiye'nin emniyetinin ve Kıbrıs'taki Türk ve Rum cemaatlarının haklarının yeni ve müstakil bir devlet nizamı içinde korunmasını temin edeceği gibi müttefikimiz İngiltere'nin de, tarafların düşünce ve menfaatlarına tetabuk eden mülâhazalarının mahfuz tutulmasına imkân verecektir. Filhakika tesbit olunan esaslar Türk ve Rum cemaatlarının ayrı tarihi ve içtimaî geleneklerinin icaplarını gözönünde bulundurmak suretiyle iki cemaatın müstakil bir devlet nizamı içinde işbirliğinde bulunmalarına matuf, sağlam bir zemin hazırlamaktadır. Bu işbirliği, cemaatların herhangi birinin haklarının zedelenmesine sebebiyet verebilecek bütün ihtimalleri önleyecek emniyet esasına istinad ettirilmiştir. Aynı zamanda, Türkiye'nin emniyeti bakımından öteden beri ileri sürdüğümüz haklı ve pek esaslı görüşlerin de varılan anlaşma çerçevesi içinde ahden ve fiilen tatmini teminat altına alınmıştır.

Bundan sonraki hedefimiz, meselenin milletlerarası cephesinin hallini teminen, Türk ve Rum cemaatları temsilcilerinin de iştirâkiyle, müşterek dost ve müttefikimiz İngiltere ile birlikte bir konferans masası etrafında toplanmaktır. Türkiye ve Yunanistan arasında varılan mutabakat İngiltere ile Türkiye, Yunanistan ve Kıbrıs arasında sağlam ve devamlı bir mesai teşrikini mümkün kılacak esasları ihtiva etmekle, yukarıdaki mahiyette bir konferansın muvaffakiyetle neticelenmesi için lüzumlu şartlar hiç şüphesiz ki, tahakkuk ettirilmiştir. Kıbrıs mevzuunda nihaî bir anlaşma dost ve müttefik İngiltere ile çeşitli sahalarda aramızda mevcut işbirliğinin yeni bir tezahürüne vesile teşkil edeceği için bizi son derece bahtiyar edecektir.

Yunanistan'la varılan mutabakat memleketimizin ve Kıbrıslı kardeşlerimizin hak ve menfaatlarını olduğu kadar, diğer alâkadarların da vaziyetini koruyan bir uzlaşma mahiyet ve kuvvetini taşımaktadır. Hükümetimiz bu neticenin istihsalinde Türkiye'nin ve Kıbrıslı Türklerin hak ve menfaatlarının korunmasına matuf karar ve düşüncelerini NATO camiasının ahengini haleldar eden bir ihtilâf mevzuunun ortadan kaldırılmasına çalışmak hususunda öteden beri bağlı bulunduğu samimî kanaatla telif etmesini bilmiştir.

Diğer taraftan büyük bir ehemmiyetle üzerinde durulacak bir nokta ise, bu anlaşmanın, her iki tarafın karşılıklı menfaatları icabı olarak, Türkiye ile Yunanistan arasında çok sıkı bir dostluğun teessüsüne imkân vereceği keyfiyetidir. Bu husus bizzat Kıbrıs meselesinin hâlli kadar, hatta müstakbel inkişafları bakımından daha da ehemmiyetli bir hadise telakki edilmek icap eder.

Bu anlaşma ile Anavatanın Kıbrıslı kardeşlerimize huzur ve emniyet içinde yaşayabilmek imkânını tahakkuk ettirmiş olduğuna inanmaktayız.

CYPRUS

Miscellaneous No. 4 (1959)

Conference on Cyprus

Documents signed and initialled at Lancaster House
on February 19, 1959

*Presented to Parliament by the Prime Minister
by Command of Her Majesty
February 1959*

LONDON
HER MAJESTY'S STATIONERY OFFICE
ONE SHILLING NET

Cmnd. 679

I

MEMORANDUM SETTING OUT THE AGREED FOUNDATION FOR THE FINAL SETTLEMENT OF THE PROBLEM OF CYPRUS*

The Prime Minister of the United Kingdom of Great Britain and Northern Ireland, the Prime Minister of the Kingdom of Greece and the Prime Minister of the Turkish Republic,

Taking note of the Declaration by the Representative of the Greek-Cypriot Community and the Representative of the Turkish-Cypriot Community that they accept the documents annexed to this Memorandum as the agreed foundation for the final settlement of the problem of Cyprus,

Hereby adopt, on behalf of their respective Governments, the documents annexed to this Memorandum and listed below, as the agreed foundation for the final settlement of the problem of Cyprus.

On behalf of the Government of the United Kingdom of Great Britain and Northern Ireland	On behalf of the Government of the Kingdom of Greece	On behalf of the Government of the Turkish Republic
HAROLD MACMILLAN	C. KARAMANLİS	A. MENDERES

London, February 19, 1959.

---

* Metnin İngilizcesi sol, Türkçesi sağ sayfalarda verilmiştir.

I

KIBRIS MESELESİNİN NİAHÎ HAL TARZI HAKKINDA ÜZERİNDE MUTABIK KALINAN TEMELİ İZAH EDEN MUHTIRA

Büyük Britanya ve Şimalî İrlanda Birleşik Krallığının Başvekili, Yunanistan Krallığının Başvekili ve Türkiye Cumhuriyetinin Başvekili,

Kıbrıs'taki Rum Cemaati Temsilcisi ile Kıbrıs'taki Türk Cemaati Temsilcisinin işbu muhtıraya ekli vesikaları, Kıbrıs meselesinin nihaî hal tarzı hakkında üzerine mutabık kalınan temel olarak kabul ettiklerine mütedair beyanatlarını kaydederek,

Kendi hükûmetleri namına işbu muhtıraya ekli ve aşağıda listesi bulunan vesikaları, Kıbrıs meselesinin nihaî hal tarzı hakkında üzerinde mutabık kalınan temel olarak kabul ederler.

Büyük Britanya ve Şimalî İrlanda Birleşik Krallığı Hükûmeti namına	Yunanistan Krallığı Hükûmeti namına	Türkiye Cumhuriyeti Hükûmeti namına
HAROLD MACMILLAN	K. KARAMANLİS	A. MENDERES

Londra, 19 Şubat 1959

---

* Söz konusu antlaşmalara ilişkin olarak Resmi Gazete'nin 10 Mart 1965 tarih ve 1976 sayılı nüshasında yayınlanan onaylamanın uygun bulunması konusunda "Zürich - Londra - Lefkoşe antlaşma metinlerine yer verilmemiştir. Antlaşma metinleri için ayrıca Bkz. **Recueil des Traites des Nations Unies, 8 Reg. No. 5476.**

LIST OF DOCUMENTS ANNEXED

A.- Basic Structure of the Republic of Cyprus.

B.- Treaty of Guarantee between the Republic of Cyprus and Greece, the United Kingdom and Turkey.

C.- Treaty of Alliance between the Republic of Cyprus, Greece and Turkey.

D.- Declaration made by the Government of the United Kingdom on February 17, 1959.

E.- Additional Article to be inserted in the Treaty of Guarantee.

F.- Declaration made by the Greek and Turkish Foreign Ministers on February 17, 1959.

G.- Declaration made by the Representative of the Greek-Cypriot Community on February 19, 1959.

H.- Declaration made by the Representative of the Turkish-Cypriot Community on February 19, 1959.

I.- Agreed Measures to prepare for the new arrangements in Cyprus.

II

ENGLISH TRANSLATION OF THE DOCUMENTS AGREED IN
THE FRENCH TEXTS AND INITIALLED BY THE
GREEK AND TURKISH PRIME MINISTERS AT ZURICH ON
FEBRUARY 11, 1959

(a)

Basic Structure of the Republic of Cyprus

1. The State of Cyprus shall be a Republic with a presidential régime, the President being Greek and the Vice-President Turkish elected by universal suffrage by the Greek and Turkish communities of the Island respectively.

EKLİ VESİKALARIN LİSTESİ

A. Kıbrıs Cumhuriyetinin Esas Teşkilatı.

B. Kıbrıs Cumhuriyetiyle Yunanistan, Birleşik Krallık ve Türkiye arasında Teminat Antlaşması.

C. Kıbrıs Cumhuriyeti, Yunanistan ve Türkiye arasındaki İttifak Antlaşması,

D. Birleşik Krallık Hükûmetinin 17 Şubat 1959 tarihinde yaptığı İttifak Antlaşması,

E. Teminat Antlaşmasına dercedilecek munzam madde.

F. Yunan ve Türk Hariciye Vekilleri tarafından 17 Şubat 1959 tarihinde yapılan beyanat.

G. Kıbrıs'taki Rum Cemaati Temsilcisi tarafından 19 Şubat 1959 tarihinde yapılan beyanat.

H. Kıbrıs'taki Türk Cemaati Temsilcisi tarafından 19 Şubat 1959 tarihinde yapılan beyanat.

İ. Kıbrıs'ta yeni anlaşmalar için hazırlanması hususunda üzerinde mutabık kalınan tedbirler.

II

(a)

KIBRIS CUMHURİYETİ ESAS TEŞKİLATI

1. Kıbrıs Devleti, Başkanlık rejimine müstenit bir Cumhuriyettir. Cumhurreisi Rum ve Reis Muavini Türk olup, Ada Rum ve Türk cemaatleri tarafından ayrı ayrı umumî rey ile seçilirler.

2. The official languages of the Republic of Cyprus shall be Greek and Turkish. Legislative and administrative instruments and documents shall be drawn up and promulgated in the two official languages.

3. The Republic of Cyprus shall have its own flag of neutral design and colour, chosen jointly by the President and the Vice-President of the Republic.

Authorities and communities shall have the right to fly the Greek and Turkish flags on holidays at the same time as the flag of Cyprus.

The Greek and Turkish communities shall have the right to celebrate Greek and Turkish national holidays.

4. The President and the Vice-President shall be elected for a period of five years.

In the event of absence, impediment or vacancy of their posts, the President and the Vice-President shall be replaced by the President and the Vice-President of the House of Representatives respectively.

In the event of a vacancy in either post, the election of new incumbents shall take place within a period of not more than 45 days.

The President and the Vice-President shall be invested by the House of Representatives, before which they shall take an oath of loyalty and respect for the Constitution. For this purpose, the House of Representatives shall meet within 24 hours after its constitution.

5. Executive authority shall be vested in the President and the Vice-President. For this purpose they shall have a Council of Ministers composed of seven Greek Ministers and three Turkish Ministers. The ministers shall be designated respectively by the President and the Vice-President who shall appoint them by an instrument signed by them both.

The Ministers may be chosen from outside the House of Representatives.

Decisions of the Council of Ministers shall be taken by an absolute majority.

2. Kıbrıs Cumhuriyetinin resmî dilleri Rumca ve Türkçedir. Teşriî ve idarî muamele ve vesikalar iki resmî dilde yazılır ve neşredilirler.

3. Kıbrıs Cumhuriyetinin, Cumhurreisi ve Muavini tarafından müştereken seçilecek tarafsız renk ve şekilde bayrağı olacaktır.

Resmî makamlar ve cemaatler tatil günlerinde Kıbrıs bayrağı ile birlikte Türk ve Yunan bayraklarını çekmek selâhiyetini haiz olacaklardır.

Türk ve Rum cemaatleri Türk ve Yunan millî bayramlarını tes'it etme hakkına malik olacaklardır.

4. Cumhurreisi ve Muavini beş senelik bir müddet için seçileceklerdir.

Cumhurreisi ve Muavini vazifeleri başında olmadıkları, vazifelerinin ifasına mani zuhur ettiğinde veya inhîlâl vukuunda kendilerine Temsilciler Meclisinin aynı cemaate mensup Reis ve Reis Muavini vekâlet edecektir.

Cumhurreisliği ve Muavinliği inhîlâl edince yeni Cumhurreisi ve Muavinininin seçimi azami 45 gün zarfında yapılacaktır.

Cumhurreisi ve Muavini Teşkilâtı Esasiye Kanununa sadık kalacaklarına ve riayet edeceklerine yemin etmeleri üzerine Temsilciler Meclisi tarafından vazifeye başlattırılacaklardır. Temsilciler Meclisi bu maksatla teşkilinden 24 saat içinde içtima edecektir.

5. İcra salâhiyeti Cumhurreisi ve Muavini tarafından istimal edilecektir. Bu maksatla yedi Rum ve üç Türk vekilden müteşekkil bir Vekiller Heyeti olacaktır. Cumhurreisi ve Muavini kendi cemaatlerine mensup Vekilleri inha ve müştereken imza edecekleri bir kararname ile tayin edeceklerdir.

Vekiller, Temsilciler Meclisi dışından tayin olunabilirler:

Vekiller Heyeti kararları mutlak ekseriyetle alınacaktır.

Decisions so taken shall be promulgated immediately by the President and the Vice-President by publication in the official gazette.

However, the President and the Vice-President shall have the right of final veto and the right to return the decisions of the Council of Ministers under the same conditions as those laid down for laws and decisions of the House of Representatives.

6. Legislative authority shall be vested in a House of Representatives elected for a period of five years by universal suffrage of each community separately in the proportion of 70 per cent. for the Greek community and 30 per cent. for the Turkish community, this proportion being fixed independently of statistical data. *(N.B.*—The number of Representatives shall be fixed by mutual agreement between the communities.)

The House of Representatives shall exercise authority in all matters other than those expressly reserved to the Communal Chambers. In the event of a conflict of authority, such conflict shall be decided by the Supreme Constitutional Court which shall be composed of one Greek, one Turk and one neutral, appointed jointly by the President and the Vice-President. The neutral judge shall be president of the Court.

7. Laws and decisions of the House of Representatives shall be adopted by a simple majority of the members present. They shall be promulgated within 15 days if neither the President nor the Vice-President returns them for reconsideration as provided in Point 9 below.

The Constitutional Law, with the exception of its basic articles, may be modified by a majority comprising two-thirds of the Greek members and two-thirds of the Turkish members of the House of Representatives.

Any modification of the electoral law and the adoption of any law relating to th municipalities and of any law imposing duties or taxes shall require a simple majority of the Greek and Turkish members of the House of Representatives taking part in the vote and considered separately.

Bu şekilde alınan kararlar Cumhurreisi ve Muavini tarafından Resmi Gazetede neşredilmek suretiyle derhal ilân edilecektir.

Bununla beraber, Cumhurreisi ve Muavini Temsilciler Meclisinin kabul ettiği kanun ve kararlara karşı malik oldukları kat'î veto ve iade haklarına aynı şartlar ile Vekiller Heyeti kararlarına karşı da malik olacaklardır.

6. Teşrîî salâhiyet, Rum cemaati için % 70, Türk cemaati için % 30 olmak üzere, istatistik malûmatından müstakil olarak tespit edilmiş bir nisbette her cemaat tarafından ayrı olarak umumî reyle beş senelik bir müddet için seçilmiş bir Temsilciler Meclisi tarafından istimal edilecektir. (Temsilciler Meclisinin âza sayısı cemaatler tarafından müştereken tesbit olunacaktır.)

Temsilciler Meclisi, Cemaaat Meclislerinin salâhiyetlerine sarahaten mahfuz tutulmuşların dışında kalan diğer bütün işler hakkında salâhiyetli olacaktır. Salâhiyet ihtilâfı çıktığında, bu ihtilâfı Cumhurreisi ve Muavini tarafından müştereken tayin edilecek bir Rum, bir Türk ve bir tarafsız Hâkimden müteşekkil Yüksek Anayasa Mahkemesi hal edecektir. Mahkemeye tarafsız Hâkim riyaset edecektir.

7. Temsilciler Meclisinin kanun ve kararları içtimada hazır bulunan âzaların basit ekseriyeti ile kabul edilecektir. Kanun ve kararlar, aşağıda 9'uncu noktada derpiş olunduğu gibi yeniden tetkik için Cumhurreisi veya Muavini tarafından iade olunmadıkları takdirde 15 gün içinde neşredileceklerdir.

Teşkilâtı Esasiye Kanunu, esas maddeleri müstesna, Temsilciler Meclisinin Rum ve Türk âzalarının ayrı ayrı üçte iki ekseriyeti ile tadil olunabilecektir.

Seçim Kanununun tadilâtı ve Belediyeler Kanununun ve vergi veya resim ihdas eden her kanunun kabulü Temsilciler Meclisinin reye iştirâk eden Rum ve Türk azalarının ayrı ayrı hesap edilecek basit bir ekseriyeti ile olabilecektir.

On the adoption of the budget, the President and the Vice-President may exercise their right to return it to the House of Representatives, if in their judgment any question of discrimination arises. If the House maintains its decisons, the President and the Vice-President sahll have the right of appeal to the Supreme Constitutional Court.

8. The President and the Vice-President, separately and conjointly, shall have the right of final veto on any law or decision concerning foreign affairs, except the participation of the Republic of Cyprus in international organisations and pacts of alliance in which Greece and Turkey both participate, or concerning defence and security as defined in Annex I.

9. The President and the Vice-President of the Republic shall have, separately and conjointly, the right to return all laws and decisions, which may be returned to the House of Representatives within a period of not more than 15 days for reconsideration.

The House of Representatives shall pronounce within 15 days on any matter so returned. If the House of Representatives maintains its decisions, the President and the Vice-President shall promulgate the law or decision in question within the time-limits fixed for the promulgation of laws and decisions.

Laws and decisions, which are considered by the President or the Vice-President to discriminate against either of the two communities, shall be submitted to the Supreme Constitutional Court which may annul or confirm the law or decision, or return it to the House of Representatives for reconsideration, in whole or in part. The law or decision shall not become effective until the Supreme Constitutional Court or, where it has been returned, the House of Representatives has taken a decision on it.

10. Each community shall have its Communal Chamber composed of a number of representatives which it shall itself determine.

Cumhurreisi ve Muavini Bütçe Kanunu hakkında, bunu tefrik edici telâkki ettikleri takdirde Temsilciler Meclisine iade etmek haklarını kullanabilirler. Temsilciler Meclisi kararında ısrar ederse Cumhurreisi ve Muavini Yüksek Anayasa Mahkemesine müracaat hakkını haiz olacaklardır.

8. Cumhurreisi ve Muavini Kıbrıs Cumhuriyetinin Yunanistan ve Türkiye'nin her ikisinin taraf oldukları milletlerarası teşkilatlara ve ittifak anlaşmalarına iştiraki müstesna, harici işlere dair ve ek 1'de tayin edildiği şekilde Savunma ve Emniyete dair bütün kanun ve kararlar hakkında münferiden veya müştereken kat'î veto hakkını haiz olacaklardır.)

9. Cumhurreisi ve Muavini bütün kanun ve kararlar hakkında yeniden tetkik için azamî 15 gün içinde Temsilciler Meclisine göndermek üzere münferiden ve müştereken iade hakkına malik olacaklardır.

Temsilciler Meclisi bu suretle iade edilen mevzu hakkında 15 günlük bir müddet zarfında karar verecektir. Temsilciler Meclisi kararında ısrar ederse, Cumhurreisi ve Muavini bahis mevzuu kanun veya kararı, kanun ve kararların ilân edilmesi için tayin edilmiş müddetler içinde ilân edeceklerdir.

Cumhurreisi veya Muavininin cemaatlerden birisi hakkında tefrik edici mahiyette gördüğü kanun ve kararlar Yüksek Anayasa Mahkemesine verilecektir. Mahkeme bu kanun veya kararları nakz, tasdik veya tamamen veya kısmen yeniden tetkikleri için Temsilciler Meclisine iade edebilir. Bu kanun ve kararlar, Yüksek Anayasa Mahkemesi veya iade halinde Temsilciler Meclisi tarafından bir karar verilinceye kadar tatbik kabiliyetini haiz olmayacaklardır.

10. Her cemaatin kendisi tarafından tespit edilecek sayıda temsilciden mürekkep cemaat meclisi olacaktır.

The Communal Chambers shall have the right to impose taxes and levies on members of their community to provide for their needs and for the needs of bodies and institutions under their supervision.

The Communal Chambers shall exercise authority in all religious, educational, cultural and teaching questions and questions of personal status. They shall exercise authority in questions where the interests and institutions are of a purely communal nature, such as sporting and charitable foundations, bodies and associations, producers' and consumers' co-operatives and credit establishments, created for the purpose of promoting the welfare of one of the communities. *(N.B.*—It is understood that the provisions of the present paragraph cannot be interpreted in such a way as to prevent the creation of mixed and communal institutions where the inhabitants desire them.)

These producers' and consumers' co-operatives and credit establishments, which shall be administered under the laws of the Republic, shall be subject to the supervision of the Communal Chambers. The Communal Chambers shall also exercise authority in matters initiated by municipalities which are composed of one community only. These municipalities, to which the laws of the Republic shall apply, shall be supervised in their functions by the Communal Chambers.

Where the central administration is obliged to take over the supervision of the institutions, establishments, or municipalities mentioned in the two preceding paragraphs by virtue of legislation in force, this supervision shall be exercised by officials belonging to the same community as the institution, establishment or municipality in question.

11. The Civil Service shall be composed as to 70 per cent. of Greeks and as to 30 per cent. of Turks.

It is understood that this quantitative division will be applied as far as practicable in all grades of the Civil Service.

In regions or localities where one of the two communities is in a majority approaching 100 per cent., the organs of the local administration responsible to the central administration shall be composed solely of officials belonging to that community.

Cemaat Meclisleri cemaat ihtiyaçlarını ve murakabeleri kendilerine ait müessese ve cemiyetlerin ihtiyaçlarını karşılamak için kendi cemaat fertlerini vergi ve tekâlife tâbi kılmak hakkını haiz olacaklardır.

Cemaat Meclisleri bütün dinî, eğitim, kültürel ve öğretim ile ahvali şahsiyeye müteallik olan bütün hususlarda salâhiyetli olacaklardır. Cemaat Meclisleri cemaatlerden birinin refahını arttırmak gayesiyle kurulan tesis, hayır ve spor işleri ve cemiyetleri, istihsal ve istihlâk kooperatifleri veya kredi müesseseleri gibi münhasıran cemaate ait mahiyette menfaat ve müesseselere mütedair işler hakkında da salâhiyetli olacaklardır. (Tabiî ki, işbu fıkranın ihtiva ettiği hükümler halk arzu ettiği takdirde muhtelif ve müşterek müesseselerin kurulmasına mani olacak şekilde tefsir edilemeyeceklerdir.)

Cumhuriyet Kanunları ile idare olunacak bu istihsal ve istihlâk kooperatifleri veya kredi müesseseleri murakabeleri bakımından Cemaat Meclislerinin salâhiyetlerine tâbi olacaklardır. Cemaat Meclisleri, sadece bir cemaat tarafından teşkil olunan belediyelerin takip edilen gayelerin tahakkukunu temine de salâhiyetli olacaklardır. Cumhuriyet kanunlarına tâbi olacak bu belediyeler faaliyetleri bakımından Cemaat Meclisleri tarafından murakabe edileceklerdir.

Merkezî İdare mer'î mevzuat mucubince yukarıdaki iki fıkrada zikredilen müessese, tesis veya belediyeleri murakabe etmek istediği takdirde bu murakabe bahis konusu müessese, tesis veya belediyenin cemaatine mensup memurlar tarafından yapılacaktır.

11. İdare % 70 Rum ve % 30 Türk nisbetinde müteşekkil olacaktır.

Tabii ki, bu adedi, tevzi idarenin bütün kademelerinin derecelerinde mümkün olduğu nisbette tatbik edilecektir.

İki cemaatten birinin yüzde yüz nisbetine yaklaşan bir ekseriyetinin bulunduğu bölge veya mahallerde merkezî idareye tâbi mahallî idarelerin organları münhasıran bu cemaate mensup memurlardan müteşekkil olacaktır.

12. The deputies of the Attorney-General of the Republic, the Inspector-General, the Treasurer and the Governor of the Issuing Bank may not belong to the same community as their principals. The holders of these posts shall be appointed by the President and the Vice-President of the Republic acting in agreement.

13. The heads and deputy heads of the Armed Forces, the Gendarmerie and the Police shall be appointed by the President and the Vice-President of the Republic acting in agreement. One of these heads shall be Turkish and where the head belongs to one of the communities, the deputy head shall belong to the other.

14. Compulsory military service may only be instituted with the agreement of the President and the Vice-President of the Republic of Cyprus.

Cyprus shall have an army of 2,000 men, of whom 60 per cent. shall be Greek and 40 per cent. Turkish.

The security forces (gendarmerie and police) shall have a complement of 2.000 men, which may be reduced or increased with the agreement of both the President and the Vice-President. The security forces shall be composed as to 70 per cent. of Greeks and as to 30 per cent. of Turks. However, for an initial period this percentage may be raised to a maximum of 40 per cent. of Turks (and consequently reduced to 60 per cent. of Greeks) in order not to discharge those Turks now serving in the police, apart from the auxiliary police.

15. Forces, which are stationed in parts of the territory of the Republic inhabited, in a proportion approaching 100 per cent., by members of a single community, shall belong to that community.

16. A High Court of Justice shall be established, which shall consist of two Greeks, one Turk and one neutral, nominated jointly by the President and the Vice-President of the Republic.

The President of the Court shall be the neutral judge, who shall have two votes.

12. Cumhuriyet Müddeiumumiyesinin, Umumî Müfettişin, Baş Muhasibin ve Emisyon Bankası Umum Müdürünün Muavinleri Şeflerinin mensup olduğu cemaatten olmayacaklardır. Bu memuriyetlere tayinler Cumhurreisi ve Muavini tarafından müştereken yapılacaktır.

13. Silâhlı kuvvetlerin, jandarma ve polis kuvvetlerinin kumandan ve muavinleri Cumhurreisi ve Muavini tarafından müştereken tayin olunacaklardır. Kumandanlardan birisi Türk olacaktır ve kumandan muavinleri aynı cemaate mensup olmayacaklardır.

14. Mecburi askerlik hizmeti ancak Cumhurreisi ve Muavininin mutabakatı ile ihdas edilebilir.

Kıbrıs'ın % 60'ı Rum, % 40'ı Türk'ten müteşekkil ikibin kişilik bir ordusu olacaktır.

Emniyet (jandarma ve polis) kuvvetlerinin, Cumhurreisi ve Muavininin müşterek mutabakatı ile eksiltilip arttırılabilecek ikibin kişilik bir birliği olacaktır. Emniyet kuvvetleri % 70 Rum ve % 30 Türk'ten müteşekkil olacaktır. Bununla beraber, yardımcı polis müstesna, halen polis kuvvetlerinde müstahdem Türkleri işlerinden çıkarmamak maksadiyle bu nisbet Türkler için ilk devrede azami % 40'a yükseltilebilecektir (ve netice itibariyle Rumlar için % 60'a inecektir.)

15. Cumhuriyet ülkesinin yalnız bir cemaat fertlerinin yüzde yüzüne yaklaşan bir nisbetinin oturduğu bölgelerde bulunan kuvvetler bu cemaate mensup olacaklardır.

16. Cumhurreisi ve Muavini tarafından müştereken tayin edilerek iki Rum, bir Türk ve bir tarafsızdan müteşekkil bir Yüksek Mahkeme kurulacaktır.

Tarafsız Hâkim mahkemeye riyaset edecek ve iki reye malik olacaktır.

This Court shall constitute the highest organ of the judicature (appointments, promotions of judges, &c.).

17. Civil disputes, where the plaintiff and the defendant belong to the same community, shall be tried by a tribunal composed of judges belonging to that community. If the plaintiff and defendant belong to different communities, the composition of the tribunal shall be mixed and shall be determined by the High Court of Justice.

Tribunals dealing with civil disputes relating to questions of personal status and to religious matters, which are reserved to the competence of the Communal Chambers under Point 10, shall be composed solely of judges belonging to the community concerned. The composition and status of these tribunals shall be determined according to the law drawn up by the Communal Chamber and they shall apply the law drawn up by the Communal Chamber.

In criminal cases, the tribunal shall consist of judges belonging to the same community as the accused. If the injured party belongs to another community, the composition of the tribunal shall be mixed and shall be determined by the High Court of Justice.

18. The President and the Vice-President of the Republic shall each have the right to exercise the prerogative of mercy to persons from their respective communities who are condemned to death. In cases where the plaintiffs and the convicted persons are members of different communities the prerogative of mercy shall be exercised by agreement between the President and the Vice-President. In the event of disagreement the vote for celemency shall prevail. When mercy is accorded the death penalty shall be commuted to life imprisonment.

19. In the event of agricultural reform, lands shall be redistributed only to persons who are members of the same community as the expropriated owners.

Bu mahkeme, Hâkimler Yüksek Şûrası (hâkimlerin tayini, terfileri v.s.) vazifesini de görecektir.

17. Dâvalı ve dâvacısı aynı cemaate mensup hukuk dâvaları, bu cemaate mensup hâkimlerden müteşekkil bir mahkeme tarafından rüyet edilecektir. Dâvalı ve dâvacı ayrı cemaatlere mensup iseler mahkeme muhtelit olacak ve terekkübü Yüksek Mahkeme tarafından tesbit edilecektir.

Onuncu nokta mucibince Cemaat Meclisi salâhiyetlerine tâbi tutulmuş ahvali şahsiye ve dinî işlere ait hukuk dâvalarını rüyet eden mahkemeler münhasıran ilgili cemaate mensup hâkimlerden müteşekkil olacaktır. Bu mahkemelerin terekküp ve salâhiyetleri Cemaat Meclisi tarafından kabul edilmiş kanuna göre tayin edilecek ve bunlar Cemaat Meclisinin kabul ettiği mevzuatı tatbik edeceklerdir.

Ceza dâvalarında mahkeme suçlunun cemaatine mensup hâkimlerden müteşekkil olacaktır. Mağdur başka bir cemaate mensup ise mahkeme muhtelit olacak ve terekkübü Yüksek Mahkeme tarafından tesbit edilecektir.

18. Cumhurreisi ve Muavini ayrı ayrı kendi cemaatlerine mensup ölüm cezası mahkûmlarına hususî af bahşetmek salâhiyetini haizdirler. Suçlu ve mağdurun ayrı ayrı cemaatlere mensup olduğu hallerde hususî af hakkı Cumhurreisi ve Muavini tarafından müştereken istimal edilecektir. Anlaşmazlık halinde af lehindeki reye itibar olunacaktır. Af halinde ölüm cezası müebbet hapis cezasına tahvil olunacaktır.

19. Ziraî reformlarda, topraklar ancak arazisi istimlâk edilmiş malikin ait olduğu cemaate mensup şahıslara tevzi edilebilecektir.

Expropriations by the State or the Municipalities shall only be carried out on payment of a just and equitable indemnity fixed, in disputed cases, by the tribunals. An appeal to the tribunals shall have the effect of suspending action. Expropriated property shall only be used for the purpose for which the expropriation was made. Otherwise the property shall be restored to the owners.

20. Separate municipalities shall be created in the five largest towns of Cyprus by the Turkish inhabitants of these towns. However: –

a) In each of the towns a co-ordinating body shall be set up which shall supervise work which needs to be carried out jointly and shall concern itself with matters which require a degree of co-operation. These bodies shall each be composed of two members chosen by the Greek municipalities, two members chosen by the Turkish municipalities and a President chosen by agreement between the two municipalities.

b) The President and the Vice-President shall examine within four years the question whether or not this separation of municipalities in the five largest towns shall continue. With regard to other localities, special arrangements shall be made for the constitution of municipal bodies, following, as far as possible, the rule of proportional representation for the two communities.

21. A Treaty guaranteeing the independence, territorial integrity and constitution of the new State of Cyprus shall be concluded between the Republic of Cyprus, Greece, the United Kingdom and Turkey. A Treaty of military alliance shall also be concluded between the Republic of Cyprus, Greece and Turkey.

These two instruments shall have constitutional force. (This last paragraph shall be inserted in the Constitution as a basic article.)

22. It shall be recognised that the total or partial union of Cyprus with any other State, or a separatist independence for Cyprus (*i.e.*, the partition of Cyprus into two independent States), shall be excluded.

Devlet ve belediyeler tarafından yapılacak istimlâkler ancak tam ve âdil bir tazminat mukabilinde yapılabilir. İhtilâf halinde, tazminat mahkemeler tarafından tesbit edilecektir. Mahkemeye müracaat icrayı durduracaktır. İstimlâk edilmiş gayrimenkul ancak istimlâk gayesine uygun bir şekilde kullanılabilir. Aksi halde bu gayrimenkul sahiplerine iade edilecektir.

20. Kıbrıs'ın en büyük beş şehrinde bu şehirlerde oturan Türkler tarafında belediyeler kurulacaktır.

Bununla beraber:

a) Bu şehirlerin her birinde müştereken yapılacak işlerin icrasını temin edecek bir koordinasyon komisyonu kurulacak ve bu komisyon işbirliğini icap ettiren mevzular ile meşgul olacaktır. Bu komisyonlar Rum belediyeleri tarafından seçilen iki, Türk belediyeleri tarafından seçilen iki âza ve iki belediye başkanı tarafından müştereken seçilecek bir reisten müteşekkil olacaktır.

b) Cumhurreisi ve Muavini dört sene hitamında en büyük beş şehirde ayrılmış bulunan belediyelerin bu suretle devam edip etmeyeceği hususunu tetkik edeceklerdir.

Diğer mahallelere gelince, buralar belediyelerin mümkün olduğu kadar iki cemaatın nisbî temsilleri esasına göre teşkili için hususi hükümler ısdar edilecektir.

21. Kıbrıs Cumhuriyeti, Yunanistan, İngiltere ve Türkiye arasında yeni Kıbrıs Devletinin istiklâlini, ülke bütünlüğünü ve Teşkilâtı Esasiyesini garanti edecek bir andlaşma akdedilecektir. Kıbrıs Cumhuriyeti, Yunanistan ve Türkiye arasında bir askerî ittifak andlaşması da aktedilecektir. Bu iki andlaşma Teşkilâtı Esasiye hükmünde olacaktır (Bu sonuncu fıkra Teşkilâtı Esasiye'ye esas madde olarak derc edilecektir.)

22. Kıbrıs'ın herhangi bir devlet ile tamamen veya kısmen birleşmesinin veya taksime müncer olacak istiklâlinin men'i kabul edilecektir.

23. The Republic of Cyprus shall accord most-favoured-nation treatment to Great Britain, Greece and Turkey for all agreements whatever their nature.

This provision shall not apply to the Treaties between the Republic of Cyprus and the United Kingdom concerning the bases and military facilities accorded to the United Kingdom.

24. The Greek and Turkish Governments shall have the right to subsidise institutions for education, culture, athletics and charity belonging to their respective communities.

Equally, where either community considers that it has not the necessary number of schoolmasters, professors or priests for the working of its institutions, the Greek and Turkish Governments may provide them to the extent strictly necessary to meet their needs.

25. One of the following Ministries—the Ministry of Foreign Affairs, the Ministry of Defence or the Ministry of Finance—shall be entrusted to a Turk. If the President and the Vice-President agree they may replace this sstem by a system of rotation.

26. The new State which is to come into being with the signature of the Treaties shall be established as quickly as possible and within a period of not more than three months from the signature of the Treaties.

27. All the above Points shall be considered to be basic articles of the Constitution of Cyprus.

E. A. -T.   F. R. Z.

                              S. L.

† A. M.   F. K.

23. Kıbrıs Cumhuriyeti, İngiltere, Yunanistan ve Türkiye'ye mahiyeti ne olursa olsun her türlü anlaşmalar için en ziyade mazharı müsaade millet şartını tanıyacaktır.

Bu hüküm, Kıbrıs Cumhuriyeti ile İngiltere arasında İngiltere'ye taşınacak askerî üs ve kolaylıklar hakkındaki andlaşmalara şâmil değildir.

24. Yunan ve Türk Hükümetleri kendi cemaatlerine ait eğitim, kültür ve spor müesseselerine ve hayır işlerine mali yardımda bulunma hakkını haiz olacaklardır.

Cemaatlerden birisinin bu müesseselerin faaliyeti için lüzumlu sayıda öğretmen, profesör veya din adamına malik olmadığı kanaatinde olduğu hallerde de Yunan ve Türk Hükûmetleri kendi cemaatlerinin bu ihtiyaçlarını tam lüzumu kadar temin edebileceklerdir.

25. Müteakip Vekâletlerden biri, yani Hariciye, Milli Müdafaa, Maliye Vekâletlerinden birisi bir Türk'e tevdi edilecektir. Cumhurreisi ve Muavini mutabık kalırlarsa bu sistemin yerine bir münavebe sistemi ikame edebileceklerdir.

26. Antlaşmaların imzası ile vücud bulacak olan yeni devlet mümkün olan sür'atle ve bu antlaşmaların imzasından sonra, üç ayı aşmayan bir müddet zarfında kurulacaktır.

27. Yukarıda zikredilen bütün noktalar Kıbrıs Teşkilâtı Esasiyesinin esas maddeleri telâkki olunacaktır.

ANNEX I

A

The defence questions subject to veto under Point 8 of the Basic Structure are as follows:–

a) Composition and size of the armed forces and credits for them.

b) Appointments and promotions.

c) Imports of warlike stores and of all kinds of explosives.

d) Granting of bases and other facilities to allied countries.

B

The security questions subject to veto are as follows:–

a) Appointments and promotions.

b) Allocation and stationing of forces.

c) Emergency measures and martial law.

d) Police laws.

(It is provided that the right of veto shall cover all emergency measures or decisions, but not those which concern the normal functioning of the police and gendarmerie.)

(b)
TREATY OF GUARANTEE

The Republic of Cyprus of the one part, and Greece, the United Kingdom and Turkey of the other part:–

EK : 1

A

Esas Teşkilâtın sekizinci noktası gereğince vetoya tâbi Müdafaa meseleleri şunlardır:

a) Silahlı kuvvetlerin tertip ve sayısı ve bunlara ait tahsisat.
b) Kadro tayinleri ve terfiler.
c) Harp malzemesi ve her türlü patlayıcı maddelerin ithali.
d) Müttefik memleketlere üs ve diğer kolaylıklar terki.

Vetoya tâbi emniyet meseleleri şunlardır:

a) Kadro tayin ve terfileri.
b) Kuvvetlerin tevzii ve bulunacakları mahaller,
c) İstisnaî tedbirler ve örfi idare.
d) Polis kanunları.

(Bütün istisnaî tedbir ve kararların vetoya tâbi olduğu, fakat polis ve jandarmanın normal faaliyeti ile ilgili olanların tâbi olmadığı tasrih edilmiştir.)

(b)

GARANTİ ANTLAŞMASI

Bir taraftan
Kıbrıs Cumhuriyeti,
Diğer taraftan Yunanistan, İngiltere ve Türkiye,

I. Considering that the recognition and maintenance of the independence, territorial integrity and security of the Republic of Cyprus, as established and regulated by the basic articles of its Constitution, are in their common interest;

II. Desiring to co-operate to ensure that the provisions of the aforesaid Constitution shall be respected;

HAVE AGREED AS FOLLOWS:–

ARTICLE 1

The Republic of Cyprus undertakes to ensure the maintenance of its independence, territorial integrity and security, as well as respect for its Constitution.

It undertakes not to participate, in whole or in part, in any political or economic union with any State whatsoever. With this intent it prohibits all activity tending to promote directly or indirectly either union or partition of the Island.

ARTICLE 2

Greece, the United Kingdom and Turkey, taking note of the undertakings by the Republic of Cyprus embodied in Article 1, recognise and guarantee the independence, territorial integrity and security of the Republic of Cyprus, and also the provisions of the basic articles of its Constitution.

They likewise undertake to prohibit, as far as lies within their power, all activity having the object of promoting directly or inderectly either the union of the Republic of Cyprus with any other State, or the partition of the Island.

ARTICLE 3

In the event of any breach of the provisions of the present Treaty, Greece, the United Kingdom, and Turkey undertake to consult together, with a view to making representations, or taking the necessary steps to ensure observance of those provisions.

1- Teşkilâtı Esasiyenin esas maddeleri ile kurulan ve idare edilen Kıbrıs Cumhuriyetinin istiklâlinin ülke bütünlüğünün ve güvenliğinin tanınması ve idamesinin müşterek menfaatleri iktizasından olduğunu mülâhaza ederek;

2- Mezkûr Teşkilâtı Esasiye ile ihdas edilmiş duruma riayeti temin etmek hususunda işbirliği yapmak arzusu ile aşağıdaki hükümler hakkında mutabık kalmışlardır:

MADDE - 1

Kıbrıs Cumhuriyeti İstiklâlini, ülke bütünlüğünü ve güvenliğini idame ve Teşkilâtı Esasiyesine riayeti temin etmeği taahhüt eder.

Kıbrıs Cumhuriyeti, herhangi bir devlet ile hiçbir siyasi veya ekonomik birleşmeğe tamamen veya kısmen iştirâk etmeme vecibesini deruhte eder. Kıbrıs Cumhuriyeti, bu bakımdan gerek birleşme gerekse taksimi doğrudan doğruya veya dolayısile teşvik edecek bütün faaliyetlerin memnu olduğunu beyan eder.

MADDE - 2

Yunanistan, İngiltere ve Türkiye, Kıbrıs Cumhuriyetinin 1'nci maddede tespit edilen taahhütlerini kaydederek Kıbrıs Cumhuriyetinin istiklâlini ülke bütünlüğünü ve güvenliğini ve Teşkilâtı Esasiyenin esas maddeleri ile tesis edilmiş durumu tanırlar ve garanti ederler.

Yunanistan, İngiltere ve Türkiye, Kıbrıs Cumhuriyetinin diğer herhangi bir devlet ile gerek birleşmesini gerekse Ada'nın taksimini doğrudan doğruya veya dolayısile teşvik etmek gayesi güden bütün faaliyetleri kendilerine taallûk ettiği nispette men etme vecibesini de deruhte ederler.

MADDE - 3

İşbu Andlaşma hükümlerinin ihlâli halinde Yunanistan, İngiltere ve Türkiye bu hükümlere riayeti temin için lüzumlu teşebbüslerin yapılması ve tedbirlerin alınması maksadile aralarında istişarede bulunmağı vaad ederler.

In so far as common or concerted action may prove impossible, each of the three guaranteeing Powers reserves the right to take action with the sole aim of re-establishing the state of affairs established by the present Treaty.

ARTICLE 4

The present Treaty shall enter into force on signature.

The High Contracting Parties undertake to register the present Treaty at the earliest possible date with the Secretariat of the United Nations, in accordance with the provisions of Article 102 of the Charter[1].

E. A. -T.   F. R. Z.

S. L.

† A. M.   F. K.

(c)
TREATY OF ALLIANCE BETWEEN THE REPUBLIC OF CYPRUS, GREECE AND TURKEY

1. The Republic of Cyprus, Greece and Turkey shall co-operate for their common defence and undertake by this Treaty to consult together on the problems raised by this defence.

2. The High Contracting Parties undertake to resist any attack or aggression, direct or indirect, directed against the independence and territorial integrity of the Republic of Cyprus.

3. In the spirit of this alliance and in order to fulfil the above purpose a tripartite Headquarters shall be established on the territory of the Republic of Cyprus.

4. Greece shall take part in the Headquarters mentioned in the preceding article with a contingent of 950 officers, non-commissioned officers and soldiers and Turkey with a contingent of 650 officers, non-commissioned officers and soldiers. The President and the Vice-President of the Republic of Cyprus, acting in agreement, may ask the Greek and Turkish Governments to increase or reduce the Greek and Turkish contingents.

---

1) "Treaty Series.No. 67 (1946)," Cind. 7015, page 21.

Garanti veren üç devletten her biri, müştereken veya iştişare ederek hareket etmek mümkün olamadığı takdirde işbu andlaşmanın tesis ettiği durumu münhasıran yeniden tesis etmek gayesi ile hareket etmek hakkını mahfuz tutar.

MADDE - 4
İşbu Andlaşma imza edildiği gün meriyete girecektir.
Yüksek Âkit Taraflar Birleşmiş Milletler Andlaşmasının 102'nci maddesinin hükümlerine uygun olarak işbu Andlaşmayı Birleşmiş Milletler Sekreterliğine mümkün olduğu kadar kısa bir zamanda tescil ettirmeği deruhte ederler.

(c)

KIBRIS CUMHURİYETİ, YUNANİSTAN VE TÜRKİYE ARASINDA İTTİFAK ANDLAŞMASI

1- Kıbrıs Cumhuriyeti, Yunanisan ve Türkiye müşterek müdafaaları için işbirliği yapacaklar ve bu Andlaşma ile bu müdafaanın ortaya çıkardığı meseleler hakkında birbirleri ile istişare etmeği taahhüt ederler.

2- Yüksek Âkit Taraflar Kıbrıs Cumhuriyetinin istiklâl ve ülke bütünlüğüne karşı doğrudan doğruya veya dolayısile tevcih edilen herhangi taarruz veya tecavüzlere karşı koymağı taahhüt ederler.

3- Bu ittifakın ruhuna uygun olarak ve yukarıda zikredilen gayenin tahakkuku maksadı ile Kıbrıs Cumhuriyeti ülkesinde bir Üçlü Genel Karargâh tesis edilecektir.

4- Yukarıdaki maddede zikredilen Genel Karargâha Yunanistan 950 kişilik bir subay, astsubay ve er birliği ile, Türkiye 650 kişilik bir subay, astsubay ve er birliği ile iştirak edeceklerdir. Kıbrıs Cumhuriyeti Cumhurreisi ve Muavini Yunan ve Türk birliklerinin artırılma veya azaltılmasını Yunan ve Türk Hükümetlerinden müştereken talep edebileceklerdir.

5. The Greek and Turkish officers mentioned above shall be responsible for the training of the Army of the Republic of Cyprus.

6. The command of the tripartite Headquarters shall be assumed in rotation and for a period of one year each by a Cypriot, Greek and Turkish General Officer, who shall be nominated by the Governments of Greece and Turkey and by the President and the Vice-President of the Republic of Cyprus.

E. A. -T.   F. R. Z.

S. L.

† A. M.   F. K.

III

DECLARATION BY THE GOVERNMENT OF THE UNITED KINGDOM

The Government of the United Kingdom of Great Britain and Northern Ireland, having examined the documents concerning the establishment of the Republic of Cyprus, comprising the Basic Structure for the Republic of Cyprus, the Treaty of Guarantee and the Treaty of Alliance, drawn up and approved by the Heads of the Governments of Greece and Turkey in Zürich on February 11, 1959, and taking into account the consultations in London, from February 11 to 16, 1959, between the Foreign Ministers of Greece, Turkey and the United Kingdom

Declare:–

A. That, subject to the acceptance of their requirements as set out in Section B below, they accept the documents approved by the Heads of the Governments of Greece and Turkey as the agreed foundation for the final settlement of the problem of Cyprus.

B. That, with the exception of two areas at

a) Akrotiri – Episkopi – Paramali and

b) Dhekelia – Pergamos – Ayios Nikolaos – Xylophagou, which will be retained under full British sovereignty, they are willing to transfer sovereignty over the Island of Cyprus to the Republic of Cyprus subject to the following conditions:–

5- Yukarıda zikri geçen Yunan ve Türk subayları Kıbrıs Cumhuriyeti ordusunun talim ve terbiyesini temin edeceklerdir.

6- Üç Genel Karargâhın kumandanlığı, Yunanistan ve Türkiye Hükümetlerinin ve Kıbrıs Cumhuriyetinin Cumhurreisi ve Muavininin tayin edeceği Kıbrıslı, Yunan ve Türk bir General tarafından bir sene müddetle sıra ile deruhte edilecektir.

III

BİRLEŞİK KRALLIK HÜKÜMETİNİN BEYANI

Büyük Britanya, Şimalî İrlanda Birleşik Krallığı Hükümeti, Kıbrıs Cumhuriyetinin kurulması hakkında Yunanistan ve Türkiye Hükümetleri Reislerinin 11 Şubat 1959'da Zürih'te tanzim ve tasvip ettikleri Kıbrıs Cumhuriyetinin Esas Teşkilâtını, Garanti Antlaşmasını ve İttifak Antlaşmasını ihtiva eden vesikaları tetkik ederek ve Londra'da 11 ilâ 16 Şubat 1959 tarihlerinde Yunanistan, Türkiye ve Birleşik Krallık Hariciye Vekilleri arasında yapılan istişareleri nazara alarak beyan ederler:

A- Aşağıda B kısmında yazılı taleplerin kabulü şartı ile Yunanistan ve Türkiye Hükümet Reisleri tarafından tasvip edilen vesikaları Kıbrıs meselesinin nihai hal tarzı hakkında mutabık kalınmış temel olarak kabul eder.

B- İngiltere'nin tam hâkimiyeti altında kalacak,

(a) Akrotiri - Episkopi - Paramali, ve;

(b) Dhikelia - Pergamos - Ayios - Nikolaos - Ksilofağu iki bölge müstesna, Kıbrıs Adası üstündeki hâkimiyetini Kıbrıs Cumhuriyetine aşağıdaki şartlar ile devre amadedir:

1) that such rihts are secured to the United Kingdom Government as are necessary to enable the two areas as aforesaid to be used effectively as military bases, including among others those rights indicated in the Annex attached, and that satisfactory guarantees are given by Greece, Turkey and the Republic of Cyprus for the integrity of the areas retained under British sovereignty and the use and enjoyment by the United Kingdom of the rights referred to above;

(2) that provision shall be made by agreement for:–

(i) the protection of the fundamental human rights of the various communities in Cyprus;

(ii) the protection of the interests of the members of the public services in Cyprus;

(iii) determining the nationality of persons affected by the settlement;

(iv) the assumption by the Republic of Cyprus of the apropriate obligations of the present Government of Cyprus, including the settlement of claims.

C. That the Government of the United Kingdom welcome the draft Treaty of Alliance between the Republic of Cyprus, the Kingdom of Greece and the Republic of Turkey and will co-operate with the Parties thereto in the common defence of Cyprus.

D. That the Constitution of the Republic of Cyprus shall come into force and the formal signature of the necessary instruments by the parties concerned shall take place at the earliest practicable date and on that date sovereignty will be transferred to the Republic of Cyprus.

SELWYN LLOYD.
ALAN LENNOX-BOYD.

E. A. -T.   F. R. Z.

S. L.

† A. M.   F. K.

(1) Yukarıdaki zikredilen iki bölgenin askerî üs olarak fiilen kullanılmasını mümkün kılmak için lüzumlu olan ezcümle ilişik ekte yazılı haklar dahil bütün hakların Birleşik Krallık Hükümetine sağlanması ve İngiliz hâkimiyeti altında kalan bölgelerin bütünlüğü ve Birleşik Krallığın yukarıda atıfta bulunan hakları istimali ve bunlardan istifadesi hakkında Yunanistan, Türkiye ve Kıbrıs Cumhuriyeti tarafından yeter teminat verilmesi;

(2) Aşağıdaki hususlar hakkında anlaşma ile tedbir alınması:

(I) Kıbrıs'taki muhtelif cemaatlerin esas insan haklarının himayesi;

(II) Kıbrıs'taki âmme idaresi mensuplarının menfaatlerinin himayesi;

(III) Hal suretinin tesir ettiği şahısların tâbiyetilerinin tayini;

(IV) Kıbrıs Cumhuriyetinin, şimdiki Kıbrıs Hükümetinin taleplerinin tesviyesi dahil, ilgili vecibelerini deruhte etmesi.

C - Birleşik Krallık Hükümeti, Kıbrıs Cumhuriyeti, Yunan Krallığı ve Türkiye Cumhuriyeti arasında yapılacak İttifak Antlaşması tasarısını memnuniyetle karşılar ve Kıbrıs'ın müşterek savunmasında buna taraf Devletler ile işbirliği yapacaktır.

D - Kıbrıs Cumhuriyetinin Teşkilâtı Esasiyesinin meriyete konması ve ilgili tarafların lüzumlu vesikaları resmen imzalamaları mümkün olduğu kadar erken bir tarihte vuku bulacak ve bu tarihte hâkimiyeti Kıbrıs Cumhuriyetine devir edilecektir.

SELWYN LLOYD.
ALAN LENNOX-BOYD.

ANNEX

The following rights will be necessary in connexion with the areas to be retained under British sovereignty:–

a) to continue to use, without restriction or interference, the existing small sites containing military and other installations and to exercise complete control within these sites, including the right to guard and defend them and to exclude from them all persons not authorised by the United Kingdom Government;

b) to use roads, ports and other facilities freely for the movement of personnel and stores of all kinds to and from and between the abovementioned areas and sites;

c) to continue to have the use of specified port facilities at Famagusta;

d) to use public services (such as water, telephone, telegraph, electric power, &c.);

e) to use from time to time certain localities, which would be specified, for troop training;

f) to use the airfield at Nicosia, together with any necessary buildings and facilities on or connected with the airfield to whatever extent is considered necessary by the Biritish authorities for the operation of British military aircraft in peace and war, including the exercise of any necessary operational control of air traffic;

g) to overfly the territory of the Republic of Cyprus without restriction;

h) to exercise jurisdiction over British forces to an extent comparable with that provided in Article VII of the Agreement regarding the Status of Forces of Parties to the North Atlantic Treaty[2], in respect of certain offences committed within the territory of the Republic of Cyprus;

(2)   "Treaty Series No. 3 (1955)," Cmd. 9363.

EK

İngiliz hâkimiyeti altında kalacak bölgeler dolayısile aşağıdaki hakların tanınması gerekecektir:

(a) Askeri ve diğer tesisleri muhtevi mevcut küçük mevkileri tahditsiz ve müdahale olmaksızın kullanmağa ve bu mevkiler içinde, muhafaza ve müdafaa ve Birleşik Krallık Hükûmeti tarafından müsaade edilmeyen herkesi tard hakkı dahil olmak üzere tam kontrol istimaline devam etmek;

(b) Yukarıda zikredilen bölge ve mevkiler arasında personelin ve her türlü levazımın buralara ve buralardan nakil için yol, liman ve diğer kolaylıkları serbestçe kullanmak;

(c) Magosa'daki muayyen liman kolaylıklarını kullanmağa devam etmek,

(d) (Su, telefon, telgraf, elektrik kuvveti vesaire gibi) âmme hizmetlerinden istifade etmek;

(e) Askerlerin talimi için tespit edilecek bazı yerleri kullanmak;

(f) Lefkoşe Hava Meydanını, meydanda veya meydana bağlı lüzumlu bütün bina ve kolaylıkları, İngiliz Askeri uçaklarının sulh ve harpte harekâtı için hava trafiği üzerinde lüzumlu harekât kontrolunun icrası dahil olmak üzere, İngiliz makamlarının lüzumlu gördüğü herhangi bir nispette kullanmak:

(g) Kıbrıs Cumhuriyeti ülkesi üzerinde tahditsiz uçmak;

(h) Kıbrıs Cumhuriyeti ülkesi üzerinde ika edilmiş bazı suçlar bakımından İngiliz kuvvetleri hakkında Kuzey Atlantik Antlaşmasında taraf devletlerin kuvvetleri staüsüne ait Antlaşmanın VII'nci maddesinde derpiş edilen ile mukayese edilebilir nisbette kaza hakkı istimal etmek,

i) to employ freely in the areas and sites labour from others parts of Cyprus;

j) to obtain, after consultation with the Government of the Republic of Cyprus, the use of such additional small sites and such additional rights as the United Kingdom may, from time to time, consider technically necessary for the efficient use of its base areas and installations in Cyprus.

IV
ADDITIONAL ARTICLE TO BE INSERTED
IN THE TREATY OF GUARANTEE

The Kingdom of Greece, the Republic of Turkey and the Republic of Cyprus undertake to respect the integrity of the areas to be retained under the sovereignty of the United Kingdom upon the establishment of the Republic of Cyprus, and guarantee the use and enjoyment by the United Kingdom of the rights to be secured to the United Kingdom by the Republic of Cyprus in accordance with the declaration by the Government of the United Kingdom.

S. L.	E. A. - T.	F. R. Z.
† A. M.		F. K.

V
DECLARATION MADE BY THE GREEK AND TURKISH
FOREIGN MINISTERS ON FEBRUARY 17, 1959

The Foreign Ministers of Greece and Turkey, having considered the declaration made by the Government of the United Kingdom on February 17, 1959, accept that declaration, together with the document approved by the Heads of the Greek and Turkish Governments in Zurich on February 11, 1959, as providing the agreed foundation for the final settlement of the problem of Cyprus.

E. AVEROFF-TOSSIZZA   FATIN R. ZORLU

                         S. L.

† A. M.   F. K.

182

(i) Bölge ve mevkilerde Kıbrıs'ın diğer kısımlarından gelen işçileri serbestçe istihdam etmek;

(j) Birleşik Krallığın Kıbrıs'taki üs bölgelerini ve tesislerini müessir bir şekilde kullanmak için teknik bakımdan zaman zaman lüzumlu telâkki edebileceği bütün ilâve küçük mevkileri ve ilâve hakları kullanmağı Kıbrıs Cumhuriyeti Hükûmeti ile istişareden sonra elde etmek.

IV

GARANTİ ANTLAŞMASINA DERC EDİLECEK

EK MADDE

Yunanistan Krallığı,Tükiye Cumhuriyeti, Kıbrıs Cumhuriyetinin ihdasını müteakip Birleşik Krallığın hâkimiyeti altında kalacak olan bölgelerin bütünlüğüne riayet etmeği deruhte ederler ve Birleşik Krallık tarafından yapılan beyanata tevfikan Kıbrıs Cumhuriyetince Birleşik Krallığa sağlanacak hakların Birleşik Krallık tarafından istimal ve istifadesini garanti altına alırlar.

V

YUNAN VE TÜRK HARİCİYE VEKİLLERİ TARAFINDAN YAPILAN BEYANAT

Birleşik Krallık Hükümeti tarafından 17 Şubat 1959 tarihinde yapılan beyanatı mütalâa etmiş bulunan Yunanistan ve Türkiye Hariciye Vekilleri, bu beyanatı, 11 Şubat 1959 tarihinde Zürih'te Yunan ve Türk Hükümet Reisleri tarafından tasvip edilen vesikalarla birlikte, Kıbrıs meselesinin nihai hal tarzı hakkında üzerinde mutabık kalınan temel olarak kabul ederler.

E. AVEROFF-TOSSIZZA   FATİN R. ZORLU

VI

DECLARATION MADE BY THE REPRESENTATIVE
OF THE GREEK-CYPRIOT COMMUNITY ON
FEBRUARY 19, 1959

Archbishop Makarios, representing the Greek Cypriot Community, having examined the documents concerning the establishment of the Republic of Cyprus drawn up and approved by the Heads of the Governments of Greece and Turkey in Zurich on February 11, 1959, and the declarations made by the Government of the United Kingdom, and by the Foreign Ministers of Greece and Turkey on February 17, 1959, declares that he accepts the documents and declarations as the agreed foundation for the final settlement of the problem of Cyprus.

ARCHBISHOP MAKARIOS.

S. L.　　　　　　　　E. A. - T.　　　　　　　　F. R. Z.

F. K.

VII

DECLARATION MADE BY THE REPRESENTATIVE
OF THE TURKISH-CYPRIOT COMMUNITY
ON FEBRUARY 19, 1959

Dr. Kutchuk, representing the Turkish Cypriot Community, having examined the documents concerning the establishment of the Republic of Cyprus drawn up and approved by the Heads of the Governments of Greece and Turkey in Zurich on February 11, 1959, and the declarations made by the Government of the United Kingdom, and by the Foreign Ministers of Greece and Turkey on February 17, 1959. declares that he accepts the documents and declarations as the agreed foundation for the final settlement of the problem of Cyprus.

F. KUTCHUK.

S. L.　　　　　　　　E. A. - T.　　　　　　　　F. R. Z.

† A. M.

VI

BAŞPİSKOPOS MAKARİOS TARAFINDAN YAPILAN BEYANAT

Kıbrıs'taki Rum Cemaatini temsil eden Başpiskopos Makarios, Yunanistan ve Türkiye Hükümet Reisleri tarafından 11 Şubat 1959 tarihinde Zürih'te tanzim edilip tasvip edilen Kıbrıs Cumhuriyetinin kurulmasına müteallik vesikaları ve Birleşik Krallığı Hükûmeti ile Yunanistan ve Türkiye Hariciye Vekilleri tarafından 17 Şubat 1959 tarihinde yapılan beyanları tetkik ederek bu vesikaları ve beyanları Kıbrıs meselesinin nihaî hal tarzı hakkında üzerinde mutabık kalınan temel olarak kabul ettiğini beyan eder.

Başpiskopos MAKARİOS

VII

Dr. KÜÇÜK TARAFINDAN YAPILAN BEYANAT

Kıbrıs'taki Türk Cemaatini temsil eden Dr. Küçük, Yunanistan ve Türkiye Hükümeti Reisleri tarafından Zürih'te 11 Şubat 1959 tarihinde tanzim edilip tasvip edilen Kıbrıs Cumhuriyetinin kurulmasına müteallik vesikaları ve Birleşik Krallığı Hükümeti ile Yunanistan ve Türkiye Hariciye Vekilleri tarafından 17 Şubat 1959 tarihinde yapılan beyanları tetkik ederek bu vesikaları ve beyanları Kıbrıs meselesinin nihaî hal tarzı hakkında üzerinde mutabık kalınan temel olarak kabul ettiğini beyan eder.

F. KÜÇÜK

VIII

AGREED MEASURES TO PREPARE FOR THE NEW ARRANGEMENTS IN CYPRUS

1. All parties to the Conference firmly endorse the aim of bringing the constitution (including the elections of President, Vice-President, and the three Assemblies) and the Treaties into full effect as soon as practicable and in any case not later than twelve months from to-day's date (the 19th of February, 1959). Measures leading to the transfer of sovereignty in Cyprus will begin at once.

2. The first of these measures will be the immediate establishment of:–

a) a Joint Commission in Cyprus with the duty of completing a draft constitution for the independent Republic of Cyprus, incorporating the basic structure agreed at the Zurich Conference. This Commission shall be composed of one representative each of the Greek-Cypriot and the Turkish-Cypriot community and one representative nominated by the Government of Greece and one representative nominated by the Government of Turkey, together with a legal adviser nominated by the Foreign Ministers of Greece and Turkey, and shall in its work have regard to and shall scrupulously observe the points contained in the documents of the Zurich Conference and shall fulfil its task in accordance with the principles there laid down;

b) a Transitional Committee in Cyprus, with responsibility for drawing up plans for adapting and reorganising the Governmental machinery in Cyprus in preparation for the transfer of authority to the independent Republic of Cyprus. This Committee shall be composed of the Governor of Cyprus, the leading representative of the Greek community and the leading representative of the Turkish community and other Greek and Turkish Cypriots nominated by the Governor after consultation with the two leading representatives in such a way as not to conflict with paragraph 5 of the Basic Structure;

KIBRIS'TA YENİ ANLAŞMALAR HAZIRLANMASI HUSUSUNDA ÜZERİNDE MUTABIK KALINAN TEDBİRLER

1- Konferansa iştirâk eden bütün taraflar mümkün olduğu kadar yakın bir tarihte ve her halükârda bugünkü (19 Şubat 1959) tarihten itibaren on iki ayı tecavüz etmeyecek bir devre içinde (Reisicumhur, Reisicumhur Muavini ve üç Meclisin intihabı dahil) Teşkilâtı Esasiyeyi ve antlaşmaları tamamen tatbik etmek hedefini kuvvetle desteklemektedirler. Kıbrıs'ta hâkimiyetin devrine matûf tedbirlerin ittihazına derhal başlanılacaktır.

2- Bu tedbirlerden ilki olarak derhal aşağıdaki organların ihdasına tevessül edilecektir:

(a) Kıbrıs'ta Müstakil Kıbrıs Cumhuriyeti için Zürih Konferansında kabul edilen esas teşkilâtı intiva edecek bir Teşkilâtı Esasiye tasarısını hazırlamak vazifesi ile mükellef bir muhtelit komisyon, Zürih Konferansının vesikalarında münderiç noktaları nazara alacak, bunlara harfiyyen riayet ederek ve mezkûr vesikalarda tespit edilen esaslara tevfikan vazifesini yerine getirecek olan bu komisyon, Yunan ve Türk Hariciye Vekillerinin tayin edecekleri hukuk müşaviri ile birlikte Kıbrıs Rum Cemaati ve Kıbrıs Türk Cemaatinin birer temsilcileri ve Yunanistan Hükümetinin tayin edeceği bir temsilci ile Türk Hükümetinin tayin edeceği bir temsilciden mürekkep olacaktır.

(b) Salâhiyetlerin müstakil Kıbrıs Cumhuriyetine devrinin hazırlanması maksadile Kıbrıs'taki Hükûmet mekanizmasının ayarlanması ve yeniden teşkilatlandırılması için plânların tertibi vazifesile mükellef Kıbrıs'ta bir Geçici Komite. Bu Komite Kıbrıs Valisi, Rum Cemaatinin baş temsilcisi, Türk Cemaatinin baş temsilcisi ile her iki baş temsilci ile istişareden sonra ve Esas Teşkilâtın 5'nci noktasına mugayir olmayacak şekilde Vali tarafından tayin edilecek sair Rum ve Türk Kıbrıslılardan mürekkep olacaktır;

c) a Joint Committee in London composed of a representative of each of the Governments of Greece, Turkey and the United Kingdom, and one representative each of the Greek Cypriot and Turkish Cypriot communities, with the duty of preparing the final treaties giving effect to the conclusions of the London Conference. This Committee will prepare drafts for submission to Governments covering *inter alia* matters arising from the retention of areas in Cyprus under British sovereignty, the provision to the United Kingdom Government of certain ancillary rights and facilities in the independent Republic of Cyprus, questions of nationality, the treatment of the liabilities of the present Government of Cyprus, and the financial and economic problems arising from the creation of an independent Republic of Cyprus.

3. The Governor will, after consultation with the two leading representatives, invite individual members of the Transitional Committee to assume special responsibilities for particular departments and functions of Government. This process will be started as soon as possible and will be progressively extended.

4. The headquarters mentioned in Article 4 of the Treaty of Alliance between the Republic of Cyprus, the Kingdom of Greece and the Republic of Turkey will be established three months after the completion of the work of the Commission referred to in paragraph 2 (a) above and will be composed of a restricted number of officers who will immediately undertake the training of the armed forces of the Republic of Cyprus. The Greek and Turkish contingents will enter the territory of the Republic of Cyprus on the date when the sovereignty will be transferred to the Republic.

S. L.   E. A. - T.   F. R. Z.

(c) Londra'da, Londra Konferansı mukarreratını tatbike koymağa mâtuf nihaî antlaşmaları hazırlamak vazifesile mükellef Yunanistan, Türkiye ve Birleşik Krallığın birer temsilcilerile Kıbrıs'taki Rum ve Türk cemaatlerinin birer temsilcisinden mürekkep bir muhtelit komite. Bu komite, ezcümle, Kıbrıs'ta bazı bölgelerin İngiliz hâkimiyeti altında kalması, Müstâkil Kıbrıs Cumhuriyetinde Birleşik Krallık Hükümetine bazı müteferri haklar ve kolaylıklar tanınması, tabiiyet meseleleri, bugünkü Kıbrıs Hükümetinin vecibelerine tatbik edilecek usul ve müstâkil bir Kıbrıs Cumhuriyetinin tesisinden mütevellit malî ve iktisadî meselelere müteallik mevzualar hakkında, Hükümetlere arzedilmek üzere tasarılar hazırlayacaktır.

3- Vali, iki baştemsilci ile istişareden sonra, Geçici Komitenin münferit âzalarını Hükümetin muayyen daireleri ve vazifeleri ile ilgili olarak bazı hususî mesuliyetler deruhte etmeğe davet edecektir. Mümkün olduğu kadar erken tevessül edilecek olan bu muamelenin şumulü genişletilecektir.

4 - Kıbrıs Cumhuriyeti, Yunanistan Krallığı ve Türkiye Cumhuriyeti arasındaki İttifak Antlaşmasının 4'üncü maddesinde mezkûr karargâh, Kıbrıs Cumhuriyetinin silâhlı kuvvetlerinin talimini derhal deruhte edecek olan mahdut sayıda subaylardan mürekkep olmak üzere, yukarıdaki 2 (a) sayılı paragrafta zikri geçen Komisyonun vazifesinin nihayete ermesinden 3 ay sonra kurulacaktır. Yunan ve Türk Birlikleri, hâkimiyetin Cumhuriyete devri tarihinde Kıbrıs Cumhuriyetinin ülkesine gireceklerdir.

BİLGİ YAYINLARI / ÖZEL DİZİ